Jean-Joseph

Quelques considérations sur l'allopathie et l'homoeopathie

Thèse présentée et soutenue à la Faculté de médecine de Montpellier, le 18 août 1838

outlook

Jean-Joseph Béchet

Quelques considérations sur l'allopathie et l'homoeopathie

Thèse présentée et soutenue à la Faculté de médecine de Montpellier, le 18 août 1838

Réimpression inchangée de l'édition originale de 1838.

1ère édition 2024 | ISBN: 978-3-38509-254-9

Verlag (Éditeur): Outlook Verlag GmbH, Zeilweg 44, 60439 Frankfurt, Deutschland
Vertretungsberechtigt (Représentant autorisé): E. Roepke, Zeilweg 44, 60439 Frankfurt, Deutschland
Druck (Imprimerie): Libri Plureos GmbH, Friedensallee 273, 22763 Hamburg, Deutschland

QUELQUES CONSIDÉRATIONS

N° 111.

SUR

L'ALLOPATHIE

ET

L'HOMOEOPATHIE.

⸺◦◦◦⸺

Thèse

PRÉSENTÉE ET SOUTENUE

A LA FACULTÉ DE MÉDECINE DE MONTPELLIER,

LE 18 AOûT 1838,

PAR JEAN-JOSEPH BÉCHET,

de Boulbon (Bouches-du-Rhône),

Médecin interne à l'Hôtel-Dieu d'Avignon,

POUR OBTENIR LE GRADE DE DOCTEUR EN MÉDECINE.

> La majorité en faveur d'une opinion ne montre pas plus de quel côté est la vérité, qu'à la guerre le nombre des combattans n'indique de quel côté est le bon droit.
>
> RISUEÑO D'AMADOR,
> *Mém. sur le calcul des probabilités.*

Montpellier,

DE L'IMPRIMERIE D'ISIDORE TOURNEL AÎNÉ,

rue Aiguillerie, n.° 39.

MATIÈRE DES EXAMENS.

1ᵉʳ EXAMEN. *Physique, Chimie, Botanique, Histoire naturelle, Pharmacologie.*

2ᵉ EXAMEN. *Anatomie, Physiologie.*

3ᵉ EXAMEN. *Pathologie interne et externe.*

4ᵉ EXAMEN. *Thérapeutique, Hygiène, Matière médicale, Médecine légale.*

5ᵉ EXAMEN. *Accouchemens, Clinique interne et externe.* (Examen prat.)

6ᵉ ET DERNIER EXAMEN. *Présenter et soutenir une Thèse.*

SERMENT.

En présence des Maîtres de cette École, de mes chers condisciples et devant l'effigie d'Hippocrate, je promets et je jure, au nom de l'Être Suprême, d'être fidèle aux lois de l'honneur et de la probité dans l'exercice de la Médecine. Je donnerai mes soins gratuits à l'indigent, et n'exigerai jamais un salaire au-dessus de mon travail. Admis dans l'intérieur des maisons, mes yeux ne verront pas ce qui s'y passe ; ma langue taira les secrets qui me seront confiés ; et mon état ne servira pas à corrompre les mœurs, ni à favoriser le crime. Respectueux et reconnaissant envers mes Maîtres je rendrai à leurs enfants l'instruction que j'ai reçue de leurs pères.

Que les hommes m'accordent leur estime, si je suis fidèle à mes promesses ! Que je sois couvert d'opprobres et méprisé de mes confrères, si j'y manque !

A MON PÈRE.

A MA MÈRE.

J.-J. BÉCHET.

QUELQUES CONSIDÉRATIONS

SUR

L'ALLOPATHIE

ET

L'HOMOEOPATHIE.

I.

L'ESPRIT de l'homme a été jeté dans le vague et le doute, jusqu'à ce que la loi première et fondamentale de la science qu'il approfondit ait été trouvée et confirmée par l'expérience. Dans les études physiques, cette découverte a été faite, et son apparition a renversé pour jamais les suppositions systématiques qui l'avaient précédée. Mais les connaissances philosophiques et médicales n'ont point encore atteint cette perfection. La raison en est sans doute que le but véritable en a été méconnu, et que l'homme, qui en est le sujet, ne peut entièrement se comprendre lui-même. Loin d'apprendre de ses continuels insuccès qu'il n'était point donné à son intelligence de découvrir les secrets de sa création, il a toujours poursuivi dans son orgueilleuse impuissance la vérité première des choses ; il a légitimé ses hypothèses, et il a pris pour fruits de sa raison, les chimériques produits de son imagination déréglée.

De tous les temps, l'art de guérir a payé un large tribut aux travers de l'esprit humain. L'on peut apprécier dans son histoire quels sont les égaremens de l'homme que l'erreur éloigne de la vérité ; tantôt sa raison ne le suit plus hors des limites du possible, où l'emporte son amour pour le merveilleux ; tantôt son jugement est altéré par son incomplète observation. Mais doit-on, à cause de l'inutilité, des dangers même de beaucoup de travaux qui ont apparu jusqu'à cette époque, se livrer à une insouciance coupable ou aux égaremens de ceux qui nous ont précédés ? Non : il faut apporter une logique sévère dans l'examen des faits dont s'est enrichie la médecine en vieillissant : un fait n'est utile à la science que tout autant que l'on connaît la loi en vertu de laquelle il est arrivé ; il s'agit donc de découvrir la puissance par laquelle, selon la pensée de Fontenelle, ceux que nous possédons semblent se rapprocher les uns des autres : et alors, leur loi connue, l'homme pourra les récréer à volonté : par elle la médecine ne sera plus un art conjectural, mais une science positive. Or, cette loi existe, elle á été formulée, mais on ne veut point la lire je veux parler de la loi homœopathique.

A ce mot je comprends quelle est la hardiesse de mon projet ; je rappelle toute l'animosité qu'il a excitée, la persécution qui le proscrit, et que je me hasarde de partager. L'oubli presqu'obligé qu'ont pour l'homœopathie les écoles et les sociétés de médecine, paraîtrait me convaincre de témérité, et me forcer au silence sur une matière qui déjà porte le jugement que doit recevoir mon travail. Mais un examen plus approfondi du sujet de cet acte probatoire me rassure et m'enhardit. Je vais le traiter, me rappelant les leçons de logique que j'ai reçues de mes maîtres, car c'est ma raison qu'ils ont formée et l'expérience qu'ils m'ont recommandée, qui m'ont donné ma nouvelle conviction scientifique.

La vérité, la franchise de mon caractère me font un devoir de la faire connaître : non que mon exemple puisse influer sur la conviction des autres, mais au moins peut-être parce qu'il provoquera de la part de quelques-uns un doute sérieux à la place d'un dédain non éclairé.

Sous l'influence des premières impressions scientifiques que je reçus, je pris la direction que l'on voulut me donner ; mais lorsque mon intelligence a réagi sur les connaissances qu'elle avait acquises ; lorsqu'elle a analysé tout ce qu'elle renfermait, elle a reconnu la fallacieuse sécurité des systèmes, la vanité des hypothèses et l'insuffisance des théories dont sont remplis les livres de médecine. Alors l'incrédulité médicale, que j'avais blâmée chez des hommes éclairés, a obscurci ma conviction ; alors, dis-je, ne pouvant admettre l'imperfectibilité de l'homme dans un art si étroitement lié à son bonheur, ici bas, j'ai voulu connaître l'homœopathie, dont j'avais ri, que j'avais ridiculisée ; cette science qui sort du cercle ordinaire des investigations médicales, et donne au moins, même avant d'en connaître les résultats, la présomption d'une issue différente de celles où l'on est arrivé jusqu'à ce jour.

La voie qui m'a conduit à l'étude de la doctrine hahnemanienne me paraît très rationnelle, et je puis assurer avec vérité que ce qui m'a porté à cette étude et à l'adoption de cette science, c'est l'allopathie elle-même.

En effet, grand fut mon désanchantement, lorsque presque orgueilleux de mes connaissances pathologiques, puisées dans les livres, j'arrivai au lit du malade : mes prétendues lumières furent vaines ; les préceptes d'une application hasardée et les divisions et classifications des nosologistes me parurent ne point se trouver dans la nature. Long temps j'en accusai mon incapacité je devins ensuite éclectique, et bientôt je m'aperçus que la vérité ne pouvait être dans cette voie de raisonnement, puisque chaque médecin peut par elle se créer un système individuel. La vérité n'est point ainsi multiple. D'ailleurs l'éclectisme, tel qu'il est connu, ne donne aucune loi qui serve de *criterium* dans la pratique.

Mais voyant des praticiens consommés, dans les mêmes hésitations que moi, dans la même incertitude thérapeutique, je dus alors accuser la science elle-même. Souvent l'opium n'a point calmé la douleur, et jamais je ne lui ai vu amener un sommeil calme et paisible : quelquefois le quinquina n'a guéri que momentanément les fièvres intermittentes ; le mercure lui-même a perdu de sa spécificité contre la syphilis, ou même, loin de la guérir, l'a aggravée ; souvent les émissions sanguines sagement combinées

n'ont point détruit l'élément inflammatoire ;
la localisation d'une affection souvent hasardée, toujours incomplète et ne conduisant
jamais à une voie thérapeutique certaine ;
et que de maladies *dites nerveuses*, dont la
détermination réelle du siége dans un organe
est à jamais impossible, et qui n'ont trouvé
que des causes d'aggravations dans les traitemens que j'ai vu diriger contre elles !..

Néanmoins de temps en temps, comme des
lumières qui m'éclairaient dans la voie du
doute, des guérisons franches, entières, ve-
naient m'avertir qu'il existait aussi une vérité
en médecine. « Il est impossible, me suis-je
dit avec le docteur Sainte-Marie , que ces
faits ne soient que d'heureux hasards ; ils se
rattachent indubitablement à quelque grande
loi thérapeutique (1). » J'ai dû la chercher,
cette loi , non en m'engageant dans la route
battue qui depuis plus de vingt siècles a laissé
cette science presque stationnaire ; mais dans
une nouvelle, peu fréquentée à la vérité et
dont l'issue ne pouvait être plus infructueuse.

---

(1) *Nouveau formulaire médical et pharmaceut.*

II.

Afin de ne pas mériter la qualification d'*enthousiaste* ou d'*homme absurde*, que l'on donne aux partisans de la science homœopathique, je vais exposer à mes juges les motifs détaillés qui m'ont porté à la proscription de l'allopathie; ensuite je parlerai de l'homœopathie elle-même.

Généralement on entend par *allopathe* tout médecin qui ne traite pas ses malades avec des *globules*. Cette acception est fausse je ne puis l'adopter; car celui qui guérit certaines affections des yeux et aux doses ordinaires avec la belladone, des maladies dyssentériques avec l'*ipécacuanha*, des convulsions tétaniques avec l'*opium*, une métrorhagie, l'absence des douleurs expultrices, avec le seigle ergoté, etc., n'est point un *allopathe*; il guérit par la loi des semblables, il est homœopathe à son insu (1).

Ainsi donc d'après cette explication, je suis loin de bannir tout ce qui a été fait

---

(1) Plus loin on verra pourquoi les doses ordinaires ne sont pas plus senties que les divisions que prescrit l'homœopathie.

jusquà aujourd'hui Hahnemann donne une autorité de plus aux cas de guérisons bien observés, épars et incohérens, en apparence, que renferme la *dite allopathie;* l'autorité d'une loi prise dans la nature même, qui les explique et nous permet de les reproduire à notre gré. C'est assez dire que l'on doit en thérapeutique ne point proscrire tout ce qu'enseigne soit systématiquement, soit empiriquement, l'ancienne doctrine médicale; et j'ajoute même, qu'il est des cas où dans le sens réel de ce mot, l'allopathie est indispensable. Ces cas ont été signalés par Hahnemann lui-même dans son *Organon* de l'art de guérir (pag. 163, §67). Il n'a pas, comme on l'a dit, élevé un système n'ayant de fondement que dans son imagination, mais au contraire, il a étudié la nature et en a déduit ses conséquences thérapeutiques. Je me hâte donc de le dire, c'est comme science que je proscris l'allopathie; ce qui est si variable dans ses principes, si incertain dans ses résultats, ne peut porter le nom de science.

DE L'ALLOPATHIE.

J'entre dans des détails.

« Le malade, a dit Hyppocrate (1), demande de son médecin des secours. et non un vain luxe de moyens. » Cette vérité qui nous est parvenue aussi forte qu'elle l'était alors, n'a pas toujours été le guide de ceux qui ont travaillé à la perfection de l'art de guérir. En effet, on a vu souvent apparaître des hommes qui ont changé la direction des études médicales, et toujours le but, la guérison des maladies est resté dans la même obscurité. Tous inspirés par une idée préconçue, ont cru trouver la solution du problème médical, en s'appuyant sur un principe admis à *priori*, qui était la base de leurs systématisation ; mais ce principe a été tantôt une hardie conception, tantôt une vieille erreur régénérée par des mots nouveaux, et leurs brillantes hypothèses, dont le résultat est de familiariser avec le faux, sont propres à créer des praticiens à qui l'on adresserait, à juste titre, ces paroles de Stahl :

---

(1) *De mediço.*

« On peut, dit-il, faire à un médecin qui
ne porte auprès de ses malades que le délire
de son imagination, et qui n'oppose à la
fièvre dévorante que de frivoles raisonnemens, le reproche que Senèque faisait aux
sophistes que tout leur savoir se réduisait
à des vaines futilités, et ne faisait que donner
carrière aux passions qu'ils auraient dû s'at-
tacher à modérer. »

Pour être médecin, c'est-à-dire, homme
propre à guérir, il y a deux conditions à satisfaire connaître la maladie à guérir, et
le moyen qui peut la détruire. Or l'allopathie ne possède rien qui devienne loi scientifique, devant conduire au but proposé.

Pour arriver à la connaissance de la maladie, il faut en étudier les causes, la nature,
le siége et les symptômes, a-t-on dit.

Les causes extérieures des maladies ont des
conséquences thérapeutiques que l'on ne peut
nier ; mais l'allopathie les a-t-elle saisies ?
nullement. En effet, sauf dans les cas chirurgicaux, que déduit-on pour la guérison
de la connaissance de cet ordre de causes ?
rien. Que l'affection des voies gastriques ou
respiratoires soit consécutive à l'impression
d'un air frais ou d'une violence extérieure,
ou d'une impression morale vive, le malade
sera toujours tonifié d'après tel système, ou

débilité d'après tel autre. Le praticien n'est point éclairé de ce que telle affection cérébrale est survenue à la suite d'un chagrin concentré ou d'une joie excessive, d'un accès de colère ou d'un amour malheureux, d'une frayeur ou de l'ennui, de l'insolation ou de l'abus des spiritueux. La diversité de ses causes n'impriment aucune direction dans l'emploi des moyens à adopter pour combattre la maladie, c'est-à-dire que, si le malade à le pouls plein, la face rouge et la peau chaude, il sera nécessairement saigné ; si au contraire il y a une atteinte réelle portée aux forces vitales, que le malade soit dans le collapsus, il devra nécessairement être tonifié.

La logique semblerait pourtant faire présumer que les effets de causes aussi différentes dans leur action, ne peuvent être combattus efficacement par un seul et même ordre de moyens. L'allopathie dite *rationnelle*, n'enseigne point que cela soit : la maladie existe avec sthénie ou asthénie, qu'importe alors alors la cause occasionnelle ?

Mais si la médecine ordinaire n'a attaché aucune importance thérapeutique aux causes venant du dehors et appréciables par les sens; il n'en est pas ainsi des causes occultes et intimes que l'on a assignées aux désordres pathologiques. Dans l'étude de cet ordre de

causes on a confondu celle de la nature de
nos maux , et c'est d'elle que nous viennent
l'*humorisme* , qui tantôt n'a reconnu de maladies que dans la bile , tantôt dans le sang;
le *solidisme* , avec son *strictum* et *laxum* ;
la sthénie et l'asthénie et alors partant de
ce prétendu axiôme *sublatâ causâ tollitur ef-
fectus* , on a agi en conséquence de la cause
ou nature du mal qui a été admise. Sans
apprécier que la supersécrétion de la bile
n'est point cause de la maladie, mais effet d'un
trouble porté dans sa sécrétion ; il faut éva-
cuer , à quelque prix que ce soit, cet ennemi
prétendu de la santé. S'il y a pléthore , on
doit verser du sang , quoiqu'il ne soit pas
raisonnable de croire qu'un organisme dans
lequel ce liquide n'était pas en excès , il y
a deux heures , avant une vive impression
morale , ne puisse continuer de vivre , s'il
ne perd plusieurs livres de cette chair cou-
lante , selon l'expression de Bordeu. D'après
la pratique de l'école régnante , la pléthore
est donc plutôt une augmentation en volume
qu'un désordre de la masse circulante. Le
raisonnement dans tous les cas se réfuse à
l'adoption de cette hypothèse ; elle est contraire même à la pensée de celui qui a dit:
« il n'y a ni exaltatation , ni diminution

générales et uniformes de la vitalité des organes » (1).

La manière d'envisager ainsi les désordres morbides ne considère que la matière, et ne tient nul compte de la force qui la met en mouvement les corollaires en sont évidens ; c'est une pratique toute matérielle. Mais est-ce bien s'adresser à la cause première ou à ses effets, en agissant de la sorte? « La maladie spontanée, dit *même* Broussais, est toujours vitale dans son commencement» (2) : or cette manière de s'exprimer indique assez que la cause première des maladies est immatérielle, et que les changemens qu'elle produit dans la direction des fluides, la contexture de nos organes, dans nos sécrétions ne sont que des effets. Et l'on dit que c'est rationnellement, *en agissant sur la cause du mal*, que l'on extrait le sang ou la bile, etc. !

Au reste, je ne puis mieux juger ces idées qu'en rappelant ici un passage de Pinel « Pourquoi a-t-on mis si souvent en oubli la pureté du goût d'Hypocrate, son éloignement pour toute théorie vaine, pour toute explication frivole, sa marche qhilo-

---

(1) Broussais, propos. LXXII de médecine.
(2) Examen des doctr. méd, t. IV, p. 642.

sophique si digne d'être suivie , si rarement
prise pour modèle? Quelle stérile profusion
d'écrits publiés depuis Gallien jusqu'à nous.
Sur les désordres produits par la bile , la pé-
tuite, le sang, l'atrabile, comme si ces fluide
jouaient sans cesse un rôle actif pour nous
tourmenter et nous perdre! que de théories
vraiment dégoûtantes sur les amas impurs
des premières voies , sur la saburre, les
saletés gastriques, les humeurs putrides, le
sang dissous, et autres jeux frivoles de l'imagination , qui ont passé de la poussière des
écoles dans le langage familier , et que l'on
retrouve même dans des ouvrages où brille
d'ailleurs le vrai talent de l'observation. »
On se croit autorisé à penser, après la lecture
de ces paroles, que la conviction qui les a ins-
pirées à Pinel , aurait dû le garder de tomber
dans les fautes qu'il vient d'anathématiser : il
n'en est rien ; il a admis aussi des expli-
cations et des théories.

A l'article du traitement de la fièvre ady-
namique , par infection miasmatique, il dit
« Si dans les premières vingt-quatre heures ,
la funeste influence des miasme délétères s'est
déjà manifestée par des symptômes plus ou
moins graves , on peut encore *expulser*, en
grande partie , *le foyer de l'infection* , ou du
moins rendre la maladie plus bénigne , en

provoquant le vomissement ou la sueur. » Et
dans un autre passage il dit « Le virus vé-
nérien peut être *porté* dans le canal thoracique
et passer dans la masse commune des liquides ;..... il en résulte que le virus ne *circule*
qu'un certain temps dans les fluides, ordinairement *cinq ou six semaines.*

Mais Bichat a dit « Qu'est l'observation,
si l'on ignore là où siége le mal ? » L'auteur
de la doctrine *physiologique* s'est emparé de
cette idée, et il a avancé que la cause matérielle organique d'une maladie est indispensable à connaître pour la guérir il a
localisé tous nos maux, ou il a cru le faire ;
il a eu la pensée d'effacer à jamais des tableaux
de la science, les égaremens de l'imagination,
les théories, les subtilités frivoles, etc. , et
lui, comme Pinel, a payé tribut aux vieilles
impulsions. L'irritation, ce Protée si commode, ce génie familier de Broussais, qu'est-
ce autre chose, si ce n'est une brillante hypo-
these, un ontologisme, pour me servir de
ses propres paroles ?

Quoi qu'il en soit de cette tendance à prendre
l'effet de la cause pour la cause elle-même,
c'est-à-dire, à matérialiser la cause des maladies, il en est résulté un *quasi-progrès.*
L'anatomie pathologique a rendu plus facile
le diagnostic de certaines affections, mais

elle n'a encore découvert aucun spécifique.
Qu'a-t-elle donc fait? beaucoup pour le médecin pathologiste, mait rien, ou presque
rien pour le médecin thérapeutiste. On a
exagéré ses avantages ; on a oublié que le
sang d'un cadavre, n'est plus du sang et que
la vie a des secrets que la mort ne revèle
pas (1).

Je le répète, depuis bien des siècles on a
cru qu'il n'y avait de guériton possible que
pour les désordres dont on connaissait la cause
intime ; on la recherchée et les résultats ont
été entièrement nuls. Ce n'est point l'étude,
l'analyse du virus chancreux de la sérosité
psorique qui ont fait découvrir le mercure,
le soufre. Le quinquina a guéri et guérira la
fièvre des maris, quoique les effluves ma-
récageux ne soient point expliqués dans leur
mode d'action sur l'organisme, et jamais la
recherche spéculative des tubercules, du
tétanos, de l'épilepsie, de la chlorose, etc.,

---

(1) L'autorité de M. Chomel ne peut être récusée en
pareille matière ; cet auteur a dit : « Pour établir
d'une manière convenable le traitement d'une maladie,
il ne suffit pas de connaître la lésion que l'on trouve
chez les sujets qui succombent à cette maladie ; dans
beaucoup de cas cette connaissance est, dans l'état
actuel de la science, presqu'inutile sous le rapport
du traitement.

ne faira connaître le médicament qui doit
les guérir. De la connaissance, serait-elle
possible, de cet ordre de causes, il n'y a
aucune conséquence rigoureuse à telle application thérapeutique.

III.

La vie nous est inconnue dans son essence :
or la maladie, n'étant que la vie modifiée,
ne peut aussi être connue dans son essence,
mais seulement par ses manifestations, c'est-
à-dire par ses symptômes. (Cette conséquece
qui est exclusive à l'Homœopathie, découle
rigoureusement des prémisses de ma proposition). Comment se fait-il donc, qu'en alla-
pathie, où cette vérité est au reste professée
par tous les bons esprits, on n'en tire pas la
même conclusion ?

On lit le *Dictionnaire abrégé des sciences
médicales* (1) « L'essence des maladies est
inconnue, comme l'essence de tout ce qui existe, de tout ce qui a lieu, comme celle de la vie
et de la santé. Ce mot doit être banni de
la physiologie et de la pathologie. »

_____

(1) Art. *Essence.*

M. Adelon (1), à la fin de la description
de chaque fonction, termine toujours par
ces mots : « L'essence de cette fonction n'est
pas plus pénétrable que celle de toute autre,
c'est-à-dire, qu'elle est organique et vitale. »

M. Dubois (d'Amiens) dit (2) « La termi-
naison des maladies par la mort est aussi im-
pénétrable que les conditions d'existence des
maladies et de l'état de santé ; et comment
connaîtrions-nous toutes les conditions qui
font que la vie ne peut plus persister, quand
nous ne connaissons ni les conditions organiques de la vie dans l'état anormal, ni
celles de la vie dans l'état de santé ? »

Il existe au reste un nombre infini de défi-
nitions de la vie, dont chacune pourrait
donner lieu à une définition de la maladie.
Cette multiplicité d'opinions prouverait suffisamment si la raison, dégagée de l'esprit de
système, ne le reconnaissait, que l'essence
des désordres morbides est entièrement hors
du domaine de la compréhension intellec-
tuelle de l'homme.

Que penser alors des *venins*, des *humeurs*,
des *âcres* que l'on a viciés et fait voyager
dans l'économie ; de la *fibre*, qui tantôt est

---

(1) Physiologie de l'homme.
(2) Pathologie générale.

lâche ou *tendue*, *sèche* ou *humide*, et devient ainsi la cause des maladies? Que dire des *pressions*, des *oscillations*, des *vibrations*, etc., ou des *levains*, des *acides*, des *alcalis*, etc.? Ces opinions, il faut en convenir, ne sont plus dans le crédit des écoles; mais celles qui y règent sont-elles plus mesurées sur l'impossibilité où nous sommes de connaître les essences morbides? La doctrine physiologique qui prétend pénétrer le *solidum vivens* menacé dans son existence, possède-t-elle une loi certaine de ses modifications; pénètre-t-elle le secret des altérations organiques?

On veut des classifications basées sur la nature des maladies, et l'on déclare qu'il n'y a de traitement rationnel si on ne connaît cette nature. Ainsi, disent les élèves de Broussais (1), sans la connaissance de la nature des maladies, il n'y a pas de traitement rationnel possible. » Et plus loin : « La nature des maladies consiste dans les diverses altérations des tissus ou des fluides. » Mais de leur propre aveu, cette nature, même matérielle, ne leur est pas toujours connue. Ces mêmes auteurs disent, dans un autre passage :

_____

(1) Roche et Sanson.

« Mais la nature de quelques-unes de ces altécations n'est pas parfaitement démontrée. »

Par des raisonnemens surtout physiologiques, il me serait facile de prouver que les altérations matérielles ne constituent point la nature des maladies, mais n'en sont seulement que des symptômes, des effets. Or que devient la classification basée sur cette connaissance prétendue de la nature des désordres morbides?

Ce serait me répéter que d'établir par de nouvelles preuves que les lésions anatomiques ne révèlent rien sur cette question, nature des maladies. Il me suffit de dire que, quels que soient les efforts que l'on ait faits ou que l'on fera pour la résoudre, elle sera à jamais insoluble, et que tant que l'on aura la hardiesse de l'aborder, le sublime art de guérir sera le domaine de l'imagination, toujours enveloppé d'obscurités, de conceptions hasardées et de pratiques mensongères (1).

---

(1) La raison se désistera bientôt de ses prétentions outrées. Car l'homme que Sthal désirait voir, est enfin venu. Ce célèbre médecin disait, lorsqu'il changea la face de la médecine-pratique : « Je voudrais qu'une main hardie entreprît de nettoyer cette étable d'Augias. »

IV.

L'obscurité qui nous cache la nature des maladies, c'est-à-dire le mode de changement qu'a subi l'organisation malade, se reproduit la même quand il s'agit de déterminer quel est le tissu, l'organe, ou le système que la maladie occupe. D'abord excepté les lésions organiques ayant pour cause l'action d'agens extérieurs, toutes les autres ne sont que des effets et non la cause de la maladie à guérir. Ainsi une lésion traumatique est le point de départ du trouble qui se développe; mais le bubon inguinal n'est qu'un symptôme dont l'origine n'est pas appréciable, quant au siége. Ensuite la localisation d'une maladie n'est autre chose que la détermination du symptôme prédominant, ou de celui que l'on juge tel; et il a fallu pour la commodité des pathologistes qu'il fût toujours matériel, alors les classifications ont été possibles. Mais la syphilis n'est point encore classée, le siége n'en est pas démontré, et pourtant le mercure la guérit. Est-ce parce que la fièvre intermittente pernicieuse a son siége (prétendu) dans le cerveau, que le quinquina a l'admirable propriété de la faire cesser?

Au reste si, comme il le faut pour éviter l'erreur, on sépare avec soin ce qui est rigoureusement démontré, de ce qui n'est que probable ou supposé, à quoi se réduirait ce que l'on sait sur la question du siége des maladies? Combien n'en est-il pas qui n'ont aucun symptôme matériel appréciable qui puisse être pris pour en être le siége? Car il est généralement admis qu'un organe ou un système d'organe est d'autant plus fréquemment affecté, que ses fonctions sont plus importantes; le système nerveux est donc bien plus souvent malade, comparativement, et l'expérience le démontre, que tous les autres systèmes de l'économie: comment se fait-il que l'anatomie-pathologique nous apprenne si peu sur le siége de ses lésions?...

V.

On entend par symptômes des maladies, toute manifestation anormale survenue dans l'accomplissement des fonctions: en d'autres mots, les symptômes sont une lésion ou de sensation, ou de fonction, ou de texture.

Les symptômes qui expriment les deux premières espèces de lésions, sont toujours immatériels ou dynamiques, et ceux qui expriment la troisième espèce de lésion, sont matériels ou statiques. Il n'existe point un rapport si invariable entre telle espèce de symptômes et telle autre, pour que celle-là connue, on doive négliger celle-ci. Que de vastes désordres matériels qui ne donnent lieu qu'à très peu de désordres dynamiques! et que de fois les symptômes dynamiques ne sont pas en rapport avec les lésions matérielles! Peut-on par le point rouge-brun que présente l'affection charbonneuse, se rendre raison de la sensation de *vapeur chaude*, *âcre* et *mordicante* que le malade dit éprouver dans le membre affecté ?

La maladie, comme je l'ai prouvé plus haut, n'est appréciable à nos sens que par ses symptômes : ici encore l'Allopathie est incomplète dans ses enseignemens. Les symptômes mariels sont seuls étudiés par elle, et les dynamiques ne sont presque d'aucune importance clinique. Les travaux des anatomo-pathologistes ont fait beaucoup pour l'étude des symptômes matériels ; mais les nombreuses nécropsies qu'ils ont faites, n'ont pas donné des résultats plus immédiatement applicables à la thérapeutique. On dirait que

4

cette école s'est bornée, dans ses efforts, à
vouloir préciser quelles lésions on peut prédire chez un agonisant elle paraît avoir
oublié que c'est peu d'expliquer et de constater des désordres organiques, et que le
médecin doit surtout viser à les empêcher
ou à les détruire.

Quoi qu'il en soit, l'Allopathie possède de
précieux matériaux pour l'appréciation des
symptômes matériels ; espérons donc qu'un
génie puissant viendra allier à la thérapeutique les études des anatomo-pathologistes.

Quant aux symptômes dynamiques, ils
sont peu ou mal étudiés en Allopathie. Sous
la dénomination universelle et commode de
maladies de nerfs, on désigne toutes les lésions de fonctions et de sensations. Au reste,
c'est sans doute à cause de l'impossibilité où
elle est de diriger un moyen curatif contre
chacune de nos douleurs, que l'Allopathie
ne tient nul compte des nuances qu'elles pré-
sentent. En effet, *douleurs rhumatismales*,
douleurs de goutte, *douleurs névralgiques*,
telles sont les espèces que renferment toutes
les manifestations des désordres de sensations,
Que la douleur soit pongitive ou obtuse,
pressive ou lacérante, accompagnée de chaleur ou de froid, soulagée par le mouvement
ou le repos, par l'air frais ou l'air chaud ;

qu'elle soit plus vive le matin ou le soir,
après le repas ou avant, etc., ces différences
ne sont pas même demandées au malade dans
la pratique allopathique. Est-ce bien là du
rationalisme ?...

Cette omission des symptômes dynamiques
que l'Allopathie permet dans l'examen d'une
maladie, outrage la raison la plus ordinaire.
Mais c'est peu encore ; il est des maladies
dont ils ne peuvent, d'après leur propre
aveu, débrouiller les symptômes matériels,
c'est-à-dire, en reconnaître le siége. Alors,
que font-ils ? Le voici (1) : « On se demande
ce qui s'oppose à ce que le siége de la maladie
puisse être découvert, et on trouve que c'est
l'obscurité des symptômes ; qu'y a-t-il donc
à faire pour écarter ces obstacles ? Il n'y a
qu'un parti à prendre, c'est de faire en sorte
que les *symptômes se prononcent davantage.*
Or, pour cela, rien de mieux que d'administrer un excitant un peu énergique. Il
arrive alors de trois choses l'une, ou bien
le malade est soulagé: dans ce cas, il est
vrai, l'incertitude n'est pas dissipée, mais
on continue de le traiter par cet excitant
qui le soulage ; ou bien, il n'éprouve aucun
changement, et on recommence en augmen-

---

(1) Roche et Sanson.

tant la dose du stimulant; ou bien enfin ,
les symptômes se prononcent, l'organe affecté
devient le plus ordinairement douloureux ,
et dès lors le but est atteint. »

Et c'est dans l'acte important du rétablissement de la santé des hommes que l'on pose
en précepte de tirer ainsi à la loterie le
moyen qu'il faut employer !

Ainsi , puisque la maladie n'est réellement
curable que lorsqu'elle est toute entière connue du médecin , et qu'elle ne peut être
connue que par la somme complète des symptômes qui la traduisent, on ne doit pas s'é-
tonner de l'insuffisance de l'Allopathie dans
une infinité de cas. Je viens d'exposer comment elle procède dans l'appréciation des
symptômes, et cela suffit, je crois , pour
donner la raison de ses fréquens insuccès.

Pour me résumer dans ce que j'ai dit
de la pathologie allopathique , je conclus
que dans cette branche, l'art de guérir est
loin de la vérité , parce que 1° elle ne tient
pas suffisamment compte des causes extérieures ; 2° on base les classifications sur un
principe ruineux , sur *une inconnue*, pour
me servir des expressions d'un pathologiste
moderne , sur la connaissance de la nature
des maladies ; 3° le *siége* n'est autre chose
que le symptôme matériel le plus saillant

ou que l'on juge tel ; 4° les symptômes matériels ont seuls de l'importance, et les dynamiques sont entièrement négligés.

Donc l'Allopathie n'a point une valeur
scientifique pour arriver à la connaissance
de la maladie à guérir. Mais voyons si dans
ses procédés thérapeutiques elle est plus
propre à satisfaire une logique sévère.

VI.

Comme je l'ai déjà dit, une maladie n'est
susceptible de guérison que lorsque par sa
manifestation ou symptômes, elle a été parfaitement appréciée par le médecin ; mais
cette condition obtenue, il faut encore connaître le modificateur propre à détruire les
désordres observés. Il est donc évident que
la pathologie et la thérapeutique sont deux
branches d'une seule et même science, elles
sont les deux parties d'un tout, elles sont
tributaires l'une de l'autre. Aussi de tous
les temps la thérapeutique a été comme un
miroir fidèle qui a réfléchi l'état de la pathologie ; celle-ci n'a rien professé de vrai ou
de faux, de bon ni de mauvais dont celle-là
n'ait été l'écho. C'est assez dire que continuellement les systèmes de pathologie ont

bouleversé la thérapeutique : les dogmatistes
qui ont cru pouvoir imposer leur opinion
aux phénomènes morbides , se sont donné
le même droit envers les substances médicamenteuses ; et de même que tel tissu.a pu
être relâché ou irrité par tel ou tel auteur ,
ainsi, telle substance a été excitante ou émol-
liente ; le quinquina a reçu , tour-à-tour ou
en même temps une infinité d'épithètes. Il
a été stomachique , fébrifuge , anti-septique ,
nervin, anti-scorbutique, etc. Le tartre stibié
est un irritant pour les uns , et pour les
autres il est sédatif , etc.

De même que la chimie , la physique ,
la dynamique ont paru à tous les bons esprits
insuffisantes pour donner la raison des phénomènes , soit physiologiques , soit pathologiques ; ainsi nos sens seuls ou aidés des
instrumens que leur fournissent ces sciences
sont incapables de nous révéler les vertus
que recèlent les substances médicamenteuses.

J'appelle médicament tout modificateur de
l'état actuel de l'organisme : la thérapeutique
a deux ordres de moyens à la disposition du
praticien , ceux qui agissent sur nos tissus
chimiquement ou physiquement , et ceux
qui impressionnent l'organisme d'une manière toute vitale ou dynamique.

Pour mieux me faire comprendre , je range

dans la première catégorie les moyens chirurgicaux ordinaires , que j'appellerai *chirurgicaux externes*, et les vomitifs ou purgatifs , etc. , que j'appelle *chirurgicaux internes ;* une légère dose de mercure en friction qui fait cesser des symptômes syphilitiques éloignés, est pour moi un remède dynamique ou vital en d'autres mots , c'est un spécifique. » A chaque cause , un effet spéoial, » disent MM. Trousseau et Pidoux (1); cette pensée renferme explicitement celle-ci la vraie médecine est exclusivement dans la connaissance des spécifiques.

La médecine n'en connaît qu'un petit nombre dont elle ne peut, au reste, se glorifier ; car ce ne sont pas les systèmes qui les ont découverts.

Pour m'épargner de parler au long sur la matière médicale allopatique qui a précédé ces temps modernes, je vais citer un passage d'un auteur dont l'autorité ne peut être suspectée. Bichat a dit (2) « Il n'y a point eu en matière médicale de systèmes généraux ; mais cette science a été tour-à-tour influencée par ceux qui ont dominé en médecine ; chacun a reflué sur elle, si je puis m'exprimer ainsi.

---

(1) Traité de thérapeutique, t. II . p. 26.
(2) Anat. génér. , tom. Iᵉʳ, pag. XLVI.

De là le vague, l'incertitude qu'elle nous présente aujourd'hui. Incohérent assemblage d'opinions elles-mêmes incohérentes elle est peut-être de toutes les sciences physiologiques, celle où se peignent le mieux le travers de l'esprit humain que dis-je? Ce n'est point une science pour un esprit méthodique, c'est un ensemble informe d'idées inexactes, d'observations souvent puériles, de moyens illusoires, de formules aussi bizarrement conçues que fastidieusement assemblées. On dit que la pratique de la médecine est rebutante; je dis plus, elle n'est pas, sous certains rapports, celle d'un esprit raisonnable, quand on en puise les principes dans la plupart de nos matières médicales. »

Broussais aussi a bien jugé nos matières médicales il a senti le besoin de détruire et il l'a fait. Mais ne pouvant reconstruire une science qui était comme à sa naissance, il a préféré la condamer tout-à-fait. Il a voulu faire disparaître des moyens, qu'il jugeait sans doute comme puissans; mais ne pouvant en deviner les vertus, il les a proscrits de sa doctrine et les a remplacés par la saignée et les sangsues. Bientôt l'insuffisance de ces deux moyens, *avec leurs accessoires obligés,* forcèrent les médecins à donner accès à d'auciens modificateurs, mais qui furent appelés *dérivatifs*.

Comme il fallait tout expliquer, se rendre raison de tout ce qui s'opérait dans l'organisme, la médecine physiologique a pris ces mots pour devise *ubi dolor*, *ibi fluxus*, et alors telle substance qui était chargée d'expulser par les selles une quantité plus ou moins grande de saburres gastriques, d'impuretés intestinales, devint un médicament dérivatif les cautères, le séton, les moxas, n'ont plus été des fonticules donnant issue aux humeurs peccantes, mais des points artificiels d'irritation qui doivent déplacer l'irritation primitive (1).

Quoiqu'il en soit, la thérapeutique dogmatique peut de nos jours se résumer ainsi les émissions sanguines et les délayans constituant la médication débilitante qui doit éteindre l'irritation; l'usage de quelques subs-

---

(1) C'est ainsi que peut fasciner l'esprit de système : on croit avoir renouvelé les choses parce qu'on change les mots qui les désignent : et la nature se joue de ces subterfuges. Que le tamarin, la casse et le séné soient donnés comme dérivatifs ou comme purgatifs de la masse des humeurs, il n'en est pas moins vrai que le pauvre malade doit avaler une noire et nauséabonde décoction, et que les substances produisent sur l'organisme l'action qui doit nécessairement résulter de leur emploi.

tances qui composent la médication dérivative, laquelle doit déplacer l'irritation. Or,
ces modes thérapeutiques généralement admis
sont-ils réellement fondés sur la nature?
Si cela est, ils doivent être invariables dans
leurs principes et dans leurs conséquences,
ils doivent avoir une certitude scientifique.

Les nombreux démentis que l'expérience
clinique donne à cette pratique, ne sont point
des exceptions qui la confirment, mais au
contraire témoignent de son imperfection. Il
existe indubitablement une loi thérapeutique
qui n'est que le corallaire des lois invariables de la vie   tout prouve que la médecine
dite *physiologiqae* est loin de cette loi   elle
se ment à elle-même   elle prétend ne rien
faire sans s'en rendre rigoureusement raison;
sans connaître le mode d'être, la nature de l'altération qu'elle a à combattre, et la manière
d'agir des moyens qu'elle emploie. Un rapide
examen prouvera combien ces promesses sont
exagérées, sinon tout-à-fait fausses.

C'est à elle surtout que l'on doit l'usage si ré-
pandu de l'application des sangsues à l'épigastre; et cela dans le but *de dégorger localement
l'estomac qui est malade.* L'expérience a dès
long-temps démontré l'efficacité de cette pratique dans certaines inflammations de cet
organe, surtout compliquées d'érysipèle fa-

cial et ce fait qui est incontestable se refuse
à toute explication rigoureuse. En effet, si
c'est dans le but de retirer du sang que l'application des sangsues a lieu, tant vaudrait-
il l'extraire par un procédé plus expéditif
et moins douloureux, la saignée. Mais ce
n'est pas là évidemment le seul but, car la
phlébotomie dans ces cas est tout-à-fait inef-
ficace, si elle n'est nuisible c'est donc pour
faire une déplétion sanguine *locale* comme
ils le disent.

Mais c'est la muqueuse gastrique qui est
enflammée les vaisseaux sanguins qui se
ramifient dans cette membrane n'ont aucune
anastomose avec ceux du derme épigastrique,
que dis-je, les vaisseaux de cette région
viennent, l'un ascendant de l'iliaque externe,
c'est l'artère épigastrique ; l'autre, descendant
de la sous-clavière, c'est la mammaire interne, et les artères qui portent le sang dans
l'estomac viennent du tronc cœliaque !

De quelque manière que l'on se rende
anatomiquement raison de cet acte thérapeutique, il s'ensuit que la saignée serait autant *locale*, si elle était faite au jarret, sur le
vertex ou au pli du bras. Mais les sangsues ne
sont vraiment utiles que si elles piquent dans
le lieu d'élection, l'épigastre. Voilà donc
le procédé thérapeutique le plus familier

aux médecins dits physiologistes, qui prétendent ne rien faire sans s'en rendre rigoureusement raison, qui leur devient tout-à-
fait inexplicable.

Il en serait de même de l'application des
sangsues, des ventouses sur les parois thora-
ciques contre un point pneumonique, etc.

Sont-ils plus heureux dans l'emploi de la
saignée ? il n'y a , disent-ils , de traitement
rationnel , si on ne connaît la cause du mal ,
et partant de ce principe , ils veulent diriger
leur médication contre cette cause. Or comme
ils saignent dans les neuf dixièmes des maladies , on peut en conclure que dans tous
ces cas le sang en est la cause ; mais d'après
l'axiome qu'ils invoquent, *ubi dolor ibi fluxus,*
lorsqu'ils ont une dérivation à produire , il
est évident que la congestion sanguine n'est
que consécutive à une stimulation préalable;
donc eu soustrayant le sang , ils n'enlèvent
nullement la cause , mais seulement les effets
de la maladie. Et c'est la médecine phisiologique qui s'explique tout et qui agit toujours
sur la cause du mal , qui a préconisé cette
pratique ! Y aurait-il eu fluxion d'un liquide
quelconque , si une cause ne l'avait appelé
dans le point enflammé ? Le sang et les divers
liquides organiques , qu'est-ce autre chose ,
si ce n'est de la matière ? Il faut donc une

puissance qui leur donne telle ou telle autre direction cette puissance contenue dans son harmonie naturelle constitue la santé, fâcheusement influencée au contraire ; elle produit les désordres matériels, que bénévolement on a pris pour causes des maladies, tandis qu'ils n'en sont que les effets ou symptômes (1).

La méthode dérivative peut être poursuivie par une critique non moins victorieuse. Le raisonnement étayé de l'expérience clinique, prouve sans peine que le plus souvent elle est insuffisante, ou nuisible, quelquefois impossible et rarement utile. Au reste, l'Allopathie n'a aucune loi fixe qui doive guider le praticien dans son emploi.

Hypocrate a dit (2), *Duobus laboribus simul obortis, vehementior obscurat alterum:* Cet aphorisme du père de la médecine est

---

(1) Ces raisonnemens, poursuivis dans leurs dernières conséquences, peuvent faire apprécier combien on agit rarement sur la cause réelle du mal, dans la pratique dite physiologique. Aussi arrive-t-il souvent qu'on ne peut plus saigner, par ce que le malade est trop faible, qu'on ne peut plus dériver sur le tube digestif, à cause de l'irritation intestinale, ni sur la peau, à cause de l'irritabilité générale, et néanmoins la maladie dure encouc.

(2) Aph. sect. II, 46.

la mesure de la valeur de la dérivation. Si
la maladie produite ne surpasse pas en in-
tensité la maladie à déplacer, elle ajoute,
sans nul avantage, des douleurs artificielles
aux douleurs préexistantes, et les réactions
sympathiques aggravent l'état général du _ma-
lade : si une dérivation suffisante a été portée
sur un organe moins important, il n'y a pas
non plus guérison, mais seulement déplace-
ment, changement de la maladie : si elle a été
opérée sur un organe interne. Dans les arthri-
tis choniques, tels que le tube digestifs, les
reins, il peut en résulter une maladie artifi-
cielle secondaire aussi grave que la première.

Dans les affections cutanées intenses, les
rhumatismes chroniques, et toutes les maladies où les forces du sujet sont minées par
une gastro-entérite chronique, ce qui est
très-ordinaire, cette médication est absolu-
ment impossible.

Elle peut être avantageuse seulement lorsqu'une affection immédiatement grave, ayant
son siége dans un organe important, tels
que les yeux, l'encéphale, etc. sans être
complétement déplacée, est néanmoins dis-
séminée; alors le malade n'est point guéri,
mais on prend du temps pour arriver plus
sûrement à ce but.

Mais la médication dérivative serait-elle

réellement efficace, il y aurait encore à désirer la loi par laquelle son emploi doit être réglé. L'effet des dérivatifs cutanés est certain dans leur application, mais non, quant aux résultats thérapeutiques. Les dérivatifs internes sont très souvent infidèles dans l'action qu'on en attend. il serait fastidieux de parler des infinies variétés d'impuissance qu'ils rencontrent quelquefois, et leur vertu propre reste sans doute sans effet, à cause de l'inopportunité de leur emploi, qui comme je l'ai déjà dit, n'est point assujetti à une loi fixe.

VII.

Il existe dans l'état actuel de la thérapeutique allopathique, une espèce d'empirisme que les dogmatistes admettent avec la qualification *méthodique*, qui peut conduire à quelques applications heureuses, mais qu'on ne peut admettre comme de la science. En effet, doit-on administrer la digitale dans toutes les affections du cœur, le sous-nitrate de Bismuth dans toutes les gastralgies ; le quina dans toutes les fièvres intermittentes ; les préparations de fer contre tous les états chlorotiques, etc.? ou bien, qu'on nous spécifie les cas opportuns pour leur administration. Au reste, ce n'est pas tout, non-seulement l'incertitude la plus grande dérobe ou rend 'stériles les vertus des substances, mais encore le mode de les administrer n'a rien de précis, de rigoureux. L'art de formuler, que quelques médecins poussent jusqu'à la *coquetterie* renferme-t-il des principes et des lois qui le rendent invariable et certain? Les connaissances chimiques, à la vérité, ont la prétention de lui donner une précision scientifique sans doute, tant que les substances sont dans la fiole à médecine, cela est possible, mais la chimie ne peut rien enseigner sur ce que l'organisme ressentira après l'ingestion de plusieurs substances réunies ensemble, *selon les règles de l'art*. Ainsi, vague et incertitude, quant à la connaissance du moment et du cas où telle substance convient, et caprice, en quelque sorte, qui réunit diverses substances ensemble (1).

C'est cet empirisme qui, dans la pratique, n'est pas plus heureux qu'il ne l'était autrefois, qui a fait dire à Celse, à cause de ses dan-

_____

(1) En général, on a toujours apprécié l'art de guérir sur ce point; aussi tel médecin qui n'est pas *drogueur*, comme on dit, est préféré au polipharmaque.

gers, *summa medicina non uti medicamentis.*

J'ai examiné jusqu'à présent la thérapeutique appliquée par tel ou tel procédé, c'est-à-dire d'une manière partiellement synthétique ; une critique plus élevée et plus large aurait dévoilé tantôt le Brownisme détruit par les succès de la médecine antiphlogistique, tantôt les exagérations du Broussaissisme, pâlissant devant les hardiesses du contro-stimulisme. Mes lumières, ma condition d'élève ne me l'ont point permis.

Je ne ferai point un examen détaillé de ce que la matière médicale nous apprend sur chaque substance; il est aisé de voir combien cette branche de l'art de guérir est peu avancée sur les temps anciens. La plupart des auteurs, Rostan entr'autres (1), en ont fait une critique aussi juste que sévère. Que dire de plus, lorsqu'au-delà des Alpes, Rasori, Tomasini et leurs disciples, accordent à un grand nombre d'agens, réputés stimulans parmi nous, le pouvoir de déprimer directement les forces vitales ? Lorsqu'Alibert rejette le titre *insignifiant* de spécifiques, accordé au *mercure'*, au *quinquina*, au *soufre :* lorsque Barbier admet une classe de médicamens *incertæ sedis*, et cette classe contient le plus

_____

(1) Cours de méd. clinique.

grand nombre des substances actives que nous possédons?

Je répète, en terminant cette esquisse, que la medecine est comme à son enfance, considérée comme devant guérir les maladies; mais j'apprécie ses progrès comme branche d'histoire naturelle de l'homme souffrant. On ne dira plus aujourd'hui (1), « lorsqu'un os, un cartilage, un tendon sont coupés, ces parties ne forment point de réunion, » ou bien, « (2) dans le cas où il y a jumeaux, si un sein se flétrit, l'un ou l'autre des jumeaux meurt celui du sexe masculin, si c'est le sein droit, et celui du sexe féminin, si c'est le sein gauche. »

L'expérience des siècles a fait justice de pareilles erreurs et de l'influence qu'elles exerçaient sur l'art de guérir.

La brièveté de ce travail ne me permet point une discussion plus détaillée de ce sujet; j'ai dû seulement indiquer les infinies imperfections de l'état actuel de la médecine, pour prouver qu'elle n'est point une science, mais un assemblage de bonnes et mauvaises choses. Il y a donc beaucoup à faire encore; rien de ce qui doit la faire progresser ne doit être rejeté.

---

(1) Hippocr. ap. 28, sect. vij.
(2) Hipp. aph. 38, sect. v.

DE L'HOMŒOPATHIE.

I.

L'Homœopathie est une science (1) qui repose sur ce principe : les maladies sont guéries par les modificateurs qui font naître ces mêmes maladies sur l'homme bien portant.

Elle n'est point sortie, comme on se plaît trop souvent à le répéter, de la charlatanique tête d'un rêveur allemand ; plus d'une fois l'idée mère de l'Homœopathie a été manifestée, jamais on n'a su en tirer les conséquences que nous connaissons aujourd'hui. Tout le monde sait que le vieillard de Cos a dit : *vomitus vomitu curatur ;* mais il a dit encore (2) : *per similia adhibita ex morbo sanatur ;* et dans un autre endroit de ses écrits il exprime la même pensée d'une manière plus explicite (3) : *plerique (morbi) his ipsis curantur à quibus etiam nascuntur.*

---

(1) Je dis qu'elle est une science, pa ce qu'elle repose sur un principe invariable duquel découlent ses lois.

(2) *De locis in homine.*

(3) *De morbo sacro.*

Plusieurs siècles s'écoulèrent, et au moyen âge, Paracelse écrivit ces paroles *neque enim unquam ullus morbus calidus per frigida sanatus fuit, nec frigidus per calida simile autem suum simile frequenter curavit.* Mais dans des temps plns rapprochés de nous, un célèbre médecin a émis la même pensée. Stahl s'exprime en ces termes (1) « La règle admise en médecine, de traiter les maladies par des remèdes contraircs ou opposés aux effets qu'elles produisent, est complétement fausse et absurde. Je suis persuadé, au contraire, que les maladies cèdent aux agens qui déterminent une affection semblable; les brûlures, par l'ardeur d'un foyer dont on approche la partie; les congélations, par l'application de la neige et de l'eau froide; les inflammations et les contusions par celle des spiritueux. C'est ainsi que j'ai réussi à faire disparaître la disposition aux aigreurs par de très petites doses d'acide sulfurique, dans des cas où l'on avait inutilement administré une multitude de poudres absorbantes. » Zimmermann (2) nous apprend que les habitans des pays chauds ont pour usage de

---

(1) Dans J. Hummel, *Comment. de arthrithide*, 1738, in-8°, p. 40.

(2) De l'expérience, t. II.

boire une petite quantité de liqueur spiritueuse quand ils se sont fortement échauffés ; et Boulduc (1) s'est aperçu que la propriété purgative de la rhubarbe était la cause de la faculté qu'a cette racine d'arrêter la diarrhée. Alibert cite une observation où le camphre éteignit des désirs vénériens effrénés ; d'un autre côsé, M. Barbier parle de plusieurs exemples de priapisme qui se produisaient pendant l'action du camphre sur l'économie.

Il serait fastidieux et inutile de rassembler un plus grand nombre de témoignages, je dois ajouter seulement que des observateurs de tous les temps ont consigné dans leurs ouvrages des guérisons opérées par cette loi , *similia similibus :* mais le plus puissant argument pour ce principe nous est donné par ses propres ennemis ; de tous les adversaires de l'Homœopathie, il n'en est pas un qui l'ait nié et prouvé son opinion par des raisons et des expériences authentiques !

On ne s'étonnera point que l'organisme, dans l'état pathologique, soit régi par la loi des semblables, si on réfléchit que ce n'est que par elle que s'accomplissent les actes physiologiques. En effet, Bichat a dit : « La vie est l'ensemble des phénomènes qui résis-

---

(1) Mém. de l'acad. roy. , 1710.

tent à la mort » : cette définition, aussi bonne
que peut l'être celle d'une chose indéfinis-
sable, exprime néanmoins une grande vérité.
L'organisme, par son mode d'être, a une
tendance constante à la cessation de ses actes
fonctionnels ; ce qui provoque ces derniers,
ce sont les causes qui nous entourent, et
ces causes sont toutes de destruction. N'est-il
donc pas évident que la vie est entretenue
par ce qui d'abord paraît devoir l'éteindre ?
Le corps organisé a une tendance à se soumettre à la puissance des forces physiques ;
et ce sont ces forces physiques, en l'attaquant
continuellement, qui le mettent dans le cas
de leur résister. Brown, Broussais, pensent
que la vie ne s'entretient que par les excitans ; n'est-ce pas là l'expression, implicite
à la vérité, de la même pensée? Le moral
obéit à la même loi : la vie offre à l'intelligence de l'homme un fond tellement iné-
puisable de douleurs que son esprit est
involontairement porté aux idées sombres,
et ce sont les malheurs mêmes qui nous font
naître ici bas quelques heures de félicité !
Conçoit-on un homme capable de bonheur,
si la douleur lui était inconnue ?

Ces divers raisonnemens, si l'on n'a égard
qu'à l'effet obtenu, paraîtraient contraires à
mon opinion ; mais, dans l'hiver, le froid

abaisse la température de notre corps, alors l'organisme réagit, et une douce chaleur s'établit : un malheur accable l'homme attristé, il cède à l'influence reçue ; mais il réagit, et l'effet contraire se manifeste (1).

Les lois qui régissent le monde physique et le monde organisé datent de la création ; on ne peut les inventer, mais bien les découvrir ; les astres gravitaient, et le physicien se bornait à observer leurs mouvemens ; aujourd'hui il les explique, il peut même les prédire. Hannemann est le Newton de la médecine ; il a découvert par quelle loi la thérapeutique de tous les temps a obtenu des guérisons, et il nous a légué le pouvoir de les reproduire. Voilà quel a été l'œuvre du fondateur de l'Homœopathie.

Mais pour en faire l'application, il a dû apporter de grandes modifications à l'art de guérir. En effet, il a appris qu'il fallait, pour avoir un portrait parfait d'une maladie, écouter toutes les manifestations de la douleur et ne négliger aucune de ses nuances ;

---

(1) Ce qui prouve que ces phénomènes s'accomplissent en vertu de la loi homœopathique, c'est que si l'impression est trop forte, ou la résistance trop faible, il y a un effet nuisible, véritable aggravation ; de là, les congélations, les désespoirs, par exemple. En thérapeutique, des faits analogues arrivent quelquefois.

il a prouvé que dans un acte ausssi important
que celui du rétablissement de la santé des
hommes, il fallait s'abstenir de toute hypothèse spéculative, et qu'on ne doit jamais
rien admettre que la raison, seule ou aidée
par les sens, ne pût apprécier. Mais comme
l'objet de la guérison, la maladie, a été
presque le sujet exclusif des travaux et des
méditations de beaucoup d'hommes recom-
mandables ; il a eu moins à faire sur ce
point(1), et ses immenses services concernent
surtout l'instrument de la guérison, les médicamens. Il a mis à exécution un désir du
grand Haller, c'est-à-dire, il a expérimenté
les remèdes sur l'homme bien portant. Il a
prouvé que l'*ab usu in morbis*, pouvait rarement être utile, et que c'était l'expérimentation pure qui devait seule nous faire découvrir les vertus des puissances médicamen-
teuset que nous offre la nature. Il a effectué
une réforme aussi nécessaire qu'utile dans
la diététique, en proscrivant du régime alimentaire tout ce que la civilisation y avait
introduit de médicinal.

L'expérimentation pure est une nouvelle
science qui est née de l'Homœopathie ; elle
nous ouvre une large voie, dans laquelle

---

(1) Je fais exception des maladies chroniques.

nous pourrons découvrir des remèdes aussi
variés que le sont nos maladies elles-mêmes.
Elle nous permet d'espérer que les quelques
moyens que possédait l'Allopathie, ne sont
point tous les secours que la Providence
nous a donnés contre les maux infinis qui
nous accablent. L'Académie royale de médecine l'a regardée comme une chimère, et
néanmoins les matières médicales les plus
accréditées, la considèrent comme la seule
et vraie base de la connaissance des médicamens.

M. Barbier, entr'autres, a dit : « les effets
primitifs ou physiologiques sont toujours
ce que leur étude (des médicamens) offre
de plus important » (1). « Ici l'étude de
l'opération des médicamens se sépare en deux
parties. D'abord on constate les effets qu'ils
font naître sur les organes sains.... Ce sujet
neuf offre des difficultés que l'auteur ne s'est
pas dissimulées.... » (2). « L'action que les
médicamens exercent sur les organes, les
effets immédiats, les phénomènes physiologiques qui en sont le produit, me paraissent
la base sur laquelle doit être appuyée la
doctrine pharmacologique » (3).

_____

(1) Matière méd., par Barbier, p. 11.
(2) *Idem*, p. 26.
(3) *Idem*, p. 28.

Cet auteur ne s'est pas arrêté à émettre
ces opinions ; il les a mises en pratique,
et c'est d'après lui-même, ce qui donne le
plus de valeur à son ouvrage. Quelques
rapprochemens prouveront sans peine que
la *pathogénisie* que l'Homœopathie avoue,
n'est point différente de celle que retrace
M. Barbier. Si les ouvrages d'Hahnemann
n'étaient antérieurs, on croirait qu'il a copié
le passage suivant, relativement à l'aconit :
« Céphalgie sus-orbitaire avec des battemens
ou des pulsations dans l'intérieur de la
tête ; vertiges, picotement dans les yeux,
désordre de la vision, anxiété, agitation,
inquiétudes, douleurs, engourdissemens
dans les membres, accablement, oppression,
douleur dans la poitrine, dans le ventre,
etc., etc., (1).

Il serait trop long de faire de semblables
rapprochemens sur tous les points qui les
permetraient. A chaque page, la matière
médicale allopathique, la plus estimée,
rappelle les fidèles tableaux qu'a tracés notre
maître des effets purs de chaque substance
médicinale. M. Barbier cite les courageux
essais qu'Alexandre d'Edimbourg a faits sur
lui-même, pour constater les effets du cam-

---

(1) Mat. méd., t. III, p 488.

phre sur l'économie ; il en rapporte les résultats ; il aurait pu rappeler ceux obtenus
par le fondateur de l'Homœopathie ; ils sont
les mêmes (1).

II.

Un principe ne se démontre point par le
raisonnement, mais on le vérifie par les
faits ; celui sur lequel est basée l'Homœopathie, qu'un remède guérit les maux qu'il
peut causer chez l'homme bien portant, est
prouvé pour moi par l'expérience. Que ceux
qui en doutent encore se mettent dans les conditions voulues pour l'éprouver, et qu'ils
le nient ensuite s'ils le peuvent.

Alors la maladie bien connue dans toutes
ses manifestations appréciables par les sens,
et la pathogénésie des médicamens bien étudiée
par le médecin, l'application thérapeutique
se dérobe à toutes les hésitations ou suppo-

(1) L'Académie royale de médecine a néanmoins
déclaré que l'Homœopathie péchait par sa base, puisque,
a-t on dit dans son sein, il est faux que les remèdes
donnés à l'homme bien portant, produisent les effets
qu'elle leur attribue.

sitions si fréquentes jusqu'à aujourd'hui
le principe est invariable, ses conséquences
ne peuvent l'être.

Je passe très rapidement, et à dessein,
sur ces diverses questions, parce qu'elles
ne sont pas celles qui ont rencontré le plus
d'opposition. Il me tarde d'arriver *aux in-
finimens petits* des Homœopathes, aux *non
pareilles imperceptibles*, aux *globules* enfin.

Les infinitésimalités furent, sont et seront
un constant motif d'incrédulité à l'Homœopathie. Les raisons de cela sont multiples:
d'abord, l'idée de divisibilité matérielle est
inexacte; ensuite cette question n'a pu être
envisagée sous son vrai point du vue par
ses ennemis, qui n'y ont vu, comme ils
le disent, *que l'appareil charlatanesque
d'*Hahnemann.

Vouloir expliquer un fait intime concer-
cernant la vie, c'est une pensée qui ne trouve
place et justification que dans l'intelligence
orgueilleuse d'un homme peu logique, et
ne point l'admettre, parce qu'on ne le com-
prend pas, c'est ce renier soi-même. On n'a
point compris, on n'a pu expliquer l'action
des doses homœopatiques, et l'on s'est hâté
de la regarder comme chimérique. Il est
des milliers de phénomènes qu'on ne s'explique pas mieux, et qui obtiennent cepen-

dant un assentiment universel , personne ne les a prouvés par le raisonnement , mais leur réapparition constante et uniforme nous les impose. Il en sera de même des doses homœopatiques.

Je n'ai donc pas la prétention de donner une rigoureuse démonstration des phénomènes thérapeutiques obtenus par les dynamisations homœopatiques. Je viens seulement soumettre à mes juges les réflexions qui ont fait taire chez moi la répugnance à croire que la partie fût plus puissante que le tout. Telle est du moins *la fausse* idée qui paraîtrait découler des dénominations *millième* , *millionième*, etc. , dont s'est servi Hahnemann.

La matière est primitivement identique dans la nature ; ses formes ne sont différentes qu'à cause de la force modifiée qui la domine. Ainsi les molécules constituant un animal , un végétal , un minéral , sont originairement les mêmes , et ce n'est que la force qui les associe , qui leur donne une existence plus ou moins élevée. C'est donc aux modifications infinies de ce principe de vie que sont dus les êtres infiniment diversifiés. Mais toujours la matière est passive et subjuguée par la force , à qui elle offre une retraite ou asile. C'est assez dire que ce qui constitue

la vie est immatériel, et un corps quelconque
est le siége de sa manifestation.

Si donc, comme il est généralement admis,
toute aberration de l'harmonie d'un être est
immatérielle d'abord, comment peut - on
penser de la ramener à son rithme normal
par un modificateur matériel ? C'est là ce
que l'on a fait jusqu'à aujourd'hui, en com-
battant les phénomènes morbides par des
onces, des gros de ligneux, de résineux,
etc. Les causes des constitutions épidémi-
ques, des maladies sporadiques ou endémi-
ques, ont-elles jamais été exprimées par telle
quantité pesant d'un principe quelconque?
Les impressions morales, les germes de la
contagion l'ont-elles été mieux ? Il fallait
donc trouver à nos désordres dynamiques
et immatériels comme leurs causes, des modificateurs de même nature.

D'autre part, l'expérience prouve que divers procédés peuvent accumuler dans un
corps une somme plus grande d'un fluide,
qui est peut-être sa force ou sa vie propre.
Sans me perdre dans des abstractions pour
la qualification de ce fluide, je veux me
borner à indiquer le fait.

Ainsi toute la quantité de calorique latent
qui est caché entre les molécules d'un corps
froid peut, par un frottement prolongé,

non seulement arriver à la surface , mais
encore attirer à lui un courant du même
fluide , et alors le calorique est à l'état libre;
il peut enflammer des corps combustibles.
N'est-il pas évident que dans ce phénomène
il n'y a pas seulement appel à la surface
du calorique contenu dans le corps froid,
mais encore augmentation dans la quantité?
Ce que je viens de dire est parfaitement
applicable à ce qui arrive par la rotation d'un
disque de verre d'une machine électrique.
Ne peut-on pas alors invoquer ce qui se
passe dans ces phénomènes, pour expliquer
l'augmentation de la force médicinale que la
préparation homœopatique développe dans
les substances médicamenteuses ? On me
dira , je le sais , vous ne pouvez exalter que
la fraction de puissance qui se trouve dans
une goutte ou dans un grain, doses primitives
de vos préparations , et le résultat ne peut
être que très inférieur aux propriétés des
doses allopathiques. Je répondrai à cette
objection : un gros tronc d'arbre contient,
à coup sûr , une plus grande quantité de
calorique latent que ces deux petits carrés
de bois que le nègre frotte l'un contre l'autre.
Eh bien , le contact du tronc n'enflamme
aucun corps combustible , ce qui n'arrivera
pas pour les morceaux de bois , s'ils ont été

suffisamment frottés. La même différence existera dans les résultats , entre un plateau de verre d'un diamètre cent fois , mille fois plus grand , qui restera immobile , et un autre plateau cent fois , mille fois plus petit, qui aura été mu avec rapidité.

Enfin , les changemens de rapport de divers corps entre eux suffisent pour donner naissance à une *force* qui ne paraît avoir aucune corrélation avec les corps d'où elle émane. Du rapprochement d'une plaque de zinc et d'une de cuivre , peut-on conclure *à-priori* à l'existence du fluide galvanique?

Je me résume sur ce qui précède d'abord , vouloir modifier l'organisme dans ses actes anormaux par quelque chose d'immatériel comme leurs principes ou causes (1) , est une pensée de logique sévère ensuite , les préparations homœopatiques ne sont pas tout simplement la division de 10 en 100, et de 100 en 1000 , etc. , mais bien un procédé capable de développer ou de mettre en

---

(1) Pour moi l'immatérialité commence là où les sens cessent de pouvoir nous éclairer. Les nombreuses autopsies que j'ai faites ou que j'ai vu faire m'ont appris que souvent la mort est arrivée sans qu'aucune lésion matérielle pût l'expliquer.

évidence une *force* que contiennent les substances médicinales (1).

Ce que je viens de dire n'établit point
que les médicamens homœopathiques ont
l'action que leur accordent les faits, mais
pour l'homme qui raisonne, ces analogies
peuvent servir à lui faire soupçonner cette
action et à la lui faire paraître moins extra-
ordinaire.

J'arrive à des raisonnemens moins abstraits
qui prouveront qu'en Homœopathie, ou
traitement par les semblables, on doit nécessairement donner de plus petites doses
qu'en Allopathie ou traitement par des
moyens qui n'ont aucune analogie d'action
primitive avec la maladie à guérir. Ainsi

1° L'expérience a dès long-temps appris
aux médecins que certains médicamens af-
fectaient de la préférence, si je puis me

---

(1) On ne s'est jamais moqué du physicien qui fait
tourner un plateau de verre ou entasse des plaques
métalliques ; on n'a point tourné en ridicule le sau-
vage industrieux qui frotte fortement deux corps froids,
pour en *extraire* du feu, en quelque sorte ; et on
a ri en pensant à l'Homœopathe qui broie ses poudres.
L'on a si peu examiné cette question, que le mot Homœopatique a été entièrement détourné de son vrai
sens. Aujourd'hui on se sert indistinctement du mot
très petit ou *Homœopatique*!!!

servir de ce mot, pour tel ou tel organe
dans l'accomplissement de leur action; ainsi,
le mercure est senti nécessairement par les
glandes salivaires, les cantharides par les
organes génito-urinaires, etc. On doit se
borner à énoncer ce phénomène, sans en
expliquer les conditions : on ne le pourrait
pas mieux qu'on ne peut dire pourquoi un
son bien léger impressionne le nerf acous-
tique, qui reste insensible à une lumière
brillante, ou pourquoi le nerf optique apprécie un bien pâle rayon lumineux, et
ne sent point une violente détonation; c'est
par *spécificité* physiologique que cela arrive,
de même que c'est par *spécificité* thérapeutique que le mercure affecte les glandes
salivaires. N'est-il pas évident d'après cela,
que si je veux exercer une influence sur tel
état de l'utérus par le seigle ergoté, sur telle
modalité du système nerveux par le café,
sur telle autre par l'opium, sur tel état du
cœur par la digitale (1), etc, c'est-à-dire,
si j'agis par *spécificité* ou *Homœopaticité*,

---

(1) J'ai dit *tel état de l'utérus*, *tel état du cœur*,
parce que le seigle ergoté n'est pas spécifique dans
tous les cas pathologiques de la matrice ; et la digitale
dans tous les cas pathologiques du cœur, et c'est là
même ce qui explique les prétendus insuccès de ces
puissantes substances.

j'aurais de moindres doses à donner que
si je veux influencer le cœur par le seigle
ergoté, l'utérus par la digitale ; etc. , c'est-
à-dire, si j'agis par hétérogénéité ou Allo-
pathicité.

Donc l'Homœopathicité du remède donné
est uoe des raison qui force le praticien à
prescrire des doses plus faibles,

2° Si on refléchit à ce que devient un
organe malade, si on apprécie combien sa
réceptivité pour tout modificateur est aug-
mentée par son état d'excitation pathalogique,
on trouvera un motif dans ce changement
de la nécessité de diminuer les doses. N'a-
t-on pas professé de tous les temps , qu'un
moyen , quel qu'il soit, doit être propor-
tionné à la sensibilité et à la susceptibilité
du sujet qui le reçoit ? Et ne sommes-nous
pas autorisés à dire , en Homœopathie , que
notre dose est proportionnée à la sensibilité
des organes malades et à leur susceptibilité ,
qui est toujours on ne peut plus grande,
pour le modificateur choisi ? Ainsi , pour
prendre un exemple dans la pratique ordinaire , si on a une révulsion à opérer dans
une maladie quelconque, où il y a complication du côté des voies urinaires ; on
n'ose choisir les mouches cantharides , car
l'expérience a prouvé que leur effet irritant

se fait sentir d'abord sur ces organes, on
ne sait pour quelle raison (je dirai par
spécificité). Alors on répudie ce moyen par
la conviction où l'on est qu'il sera senti
par cet appareil, quelque légère qu'en soit
l'action.

Néanmoins, quelquefois on l'accueille,
mais c'est en le modifiant par le camphre
qui en détruit la force spécifique et vitale
sur les voies urinaires, et ne lui laisse que
sa vertu physique sur nos tissus.

Un autre exemple :

Dans l'état de santé, les sucs nutritifs
sont également répartis dans tout l'organisme ; mais y a-t-il certain désordre vital,
ils se dirigent tous dans le sens de ce désordre, et c'est pour cette raison que la
diète, ce moyen négatif si souvent prescrit,
est d'une indispensable nécessité dans les
maladies aiguës, lorsqu'on ne les détruit
par un moyen dynamique qui en éteigne
la cause fonctionnelle. Ce n'est point à cause
des organes sains que l'on proscrit toute
alimentation, mais bien à cause des organes
malades, qui s'approprieraient en quelque
sorte, tous les sucs nouvellement acquis par
l'organisme, quelque modiques qu'ilt fussent.

Donc la surexitation morbide d'un ou
plusieurs organes force physiologiquement le

praticien à administrer de plus légères doses.

3° Toutes choses sont relatives : les prescriptions de l'Homœopathie ne sont exigues
que parce qu'on les a comparées à celle de
l'Allopathie. Quelques considérations pour-
ront, je l'espère, faire comprendre que les ter.
mes de cette comparaison ne sont pas exacts.

D'abord, les officines allopathiques offrent
à l'odorat une multitude d'émanations qui
doivent nécessairement avoir une action sur
les drogues qui y sont contenues : dans le
laboratoire, à côté d'une préparation, il s'en
fait une autre. L'ustensile qui a servi pour
celle-là , sert également pour celle-ci , quoique la nature en soit bien différente ; (après
quelques lotions ordinaires). Les drogues y
sont traitées par le calorique ; ne les altère-
t-il pas ? Elles sont contenues quelquefois
dans des bassines qui peuvent céder des
molécules médicamenteuses. Qui ne verrait dans ces circonstances autant de causes
pervertissant la vertu native des substances?
Mais ce n'est pas tout : elles sont ensuite
ordonnées au malade ; c'est , par exemple ,
du sirop diacode que l'on prescrit contre un
catarrhe pulmonaire chronique. Ce sirop
est reçu dans quatre onces d'eau de *laitue ;*
on lui associe une once *d'eau de fleurs d'o-
rangers.* Cependant le malade qui a un vési-

catoire au bras, pansé avec des *cantharides*, a pris quelques verrées de tisane pectorale faite avec la *mauve*, le *pied de chat*, la *violette*, le *coquelicot*, etc. Il a également reçu un lavement *émollient*, à cause d'une légère irritation intestinale. Ce n'est pas tout encore, le malade a pris un petit repas composé d'un potage de vermicelle, jaune peut-être, malgré le *safran* qui le colore : pour donner un peu plus de goût au bouillon, on y avait ajouté un bien tendre *porreau*, trois feuilles de *céleri*, deux de *menthe*, et un seul clou de *gérofle*. Après le potage, il a mangé quelques turions *d'asperges*, qu'il a humectés *d'huile*, de quelques gouttes de *vinaigre*, assaisonnés d'un soupçon de *poivre*; enfin, une tartine de *groseilles* ou un fruit confit et *aromatisé* a terminé son repas. Mais ô malheur, il ne passe pas bien, une infusion très légère de *thé* se prépare; celle-ci ne suffit pas, on donne de la tisanne de *tilleul*. On peut joindre à tous ces détails, que si c'est un malade dans l'aisance, il aura nécessairement un odeur de *musc* ou *d'ambre* ou de *vanille* dans son appartement, *l'eau de Cologne* parfumera son mouchoir ; il a été rasé avec tel cosmétique, etc., et c'est au milieu de ce brouhaha médicinal que le sirop diacode devra développer sa vertu propre!!!

En Homœopathie, au contraire, le remède est préparé à l'abri de toute cause altérante ; il est ensuite prescrit tout seul ; on éloigne du régime du malade toute substance à laquelle l'expérience accorde plus que la faculté de nourrir ou de désaltérer. Qui ne voit dans cette pratique un concours de circonstances qui permettraient à la moindre dose possible d'un remède de développer son action thérapeutique ?

Mes conclusions générales sur cette question seront celles-ci 1° la plupart de nos affections sont primitivement immatérielles et doivent être attaquées par un modificateur de même nature ; 2° l'analogie nous permet d'admettre que les succussions et les broîmens homœopathiques exaltent à un très haut degré la vertu des substances médicinales (1) ; 3° la loi de spécificité par laquelle

---

(1) Quand nous ordonnons la camomille, le chanvre, la mousse de Corse (*ce sont là nos poisons lents*), nous ne disons pas que nous administrons un millième , un millionième de la même substance, qui est donnée brute en Allopathie , mais bien une *préparation* de cette substance. Et en cela nous profitons d'une découverte qu'on s'obstine à m connaître, et nous suivons même l'exemple des Allopathes. En effet, quel est celui d'entr'eux qui prescrirait dans sa pratique ou six gros de quinquina , ou six gros de quinine ,

on agit en Homœopathie, la surexcitation
morbide de l'organe affecté, et l'unité du
remède ou de la puissance dirigée contre le
mal, sont trois puissantes raisons qui doivent
incontestablement rendre sensibles les doses
les plus exigues.

Ces divers raisonnemens prouveront, j'ose
l'espérer, que la question des petites doses
est loin de mériter le dédain qui l'a avilie
jusqu'à aujourd'hui. Hahnemann (1), en les
dénommant arithmétiquement, a donné lieu
à une fausse interprétation de leur puissance.
Mais cette prévention détruite, on ne pourra
manquer de voir en elles une très grande
découverte. L'auteur les a perdues dans l'estime de bien des savans à cause de leurs
dénominations, et les effets qu'elles ne ces-
seront de produire entre les mains de ceux
qui connaissent la science, ne tarderont pas

---

un grain d'opium eu un grain de morphine, quinze
graius d'ipécacuanha ou quinze grains d'émétine ; et
je pourrais en dire autant de la nicotine et le tabac,
de la strichnine et le noix vomique, de l'atropine
et de la belladone, de l'hyosciamine et la jusquiame,
etc. Ils conviennent donc qu'une substance différente
peut être plus active qu'une autre, quoique prescrite
à des doses bien plus exigues.

(1) Bibliothéque homœopath. Peschier.

à les régénérer et à leur donner le rang
qu'elles méritent (1).

III.

On a répété à satiété que l'Homœopathie
était inadmissible, parce qu'elle était en
opposition avec les connaissances physiologiques généralement reçues, ou les rendait
complétement inutiles. Cette objection annonce de la part de ceux qui la font une
ignorance complète de la science qu'ils cri-
tiquent. L'Homœopathie conserve les notions
physiologiques qui sont basées sur l'observation, et proscrit celles dont l'imagination
seule fait les frais. Elle ramène cette partie
des connaissances médicales à l'importance
qu'elle doit avoir.

Si le médecin était appelé à construire de
toutes pièces et à animer des hommes, il

---

(1) Hippocrate a dit (aph. 38, sect. ij) : « des ali-
mens et une boisson un peu moins salubres, mais
agréables, sont préférables à de plus salubres qui
déplaisent au goût. » Les remèdes allopathiques se-
reiant-ils un peu plus puissans que les Homœopatiques,
il ne s'ensuivrait pas qu'ils dussent être préférés,
d'après la pensée du Père de la médecine.

9

serait alors convenable qu'il dirigeât ses re-
cherches sur le principe de la vie, sur la
nature du mode d'action des organes les
uns relativement aux autres. Mais il est inutile d'exiger d'un homme la connaissance
complète et intime de l'homme ; il ne peut
être créateur et créé en même temps, ou
bien, il ne peut devenir la cause de lui-
même. Une fois ceci admis, quel est donc
le rôle du médecin? C'est d'entretenir le
corps de l'homme dans l'état où se fait l'accomplissement de toutes ses fonctions, et de l'y
ramener quand la maladie l'en éloigne. Comme toutes les maladies résultent de l'influence
des modificateurs qui l'entourent, le médecin
vraiment et efficacement physiologique doit
étudier et l'influence reçue, et le mode de
résistance qu'oppose l'organisme.

Ces limites posées, la physiologie laissera
aux romans ses idées de fermentation, de
putréfaction, de trituration, etc., qui prétendent expliquer la fonction digestive ; mais
elle étudiera quelles substances n'exercent aucune influence de trouble sur cette fonction
et sont seulement nutritives. Elle appréciera
quelles sont les conditions que doit avoir
l'air atmosphérique pour être propre à arté-
rialiser le sang veineux, et ne s'occupera
point si c'est par combustion ou par quelque

autre procédé qui nous sera à jamais inconnu.
Elle décrira très bien la circulation du sang
sans chercher à désigner le point de départ
ou la fin, ou bien la nature de cette fonction. Elle constatera l'action des nerfs con-
ductrice des volitions et de la force motrice,
sans s'occuper envain de l'ébranlement prétendu de la fibre nervale, ni de la rapide
circulation de l'Ether, etc. Elle fera ainsi
l'histoire de toutes les fonctions, et étudiera
les modifications que séparément ou simul-
tanément elles peuvent éprouver (1).

Mais le consensus de sentiment qui unit
nos organes et constitue la vie, ne devait pas

---

(1) C'est sans doute en suivant cette voie de *biologie
expérimentale* que Hahnemann a reconnu que l'organisme est comparable à un corps élastique ; d'abord
il se laisse déprimer, mais bientôt il réagit contrai-
rement et repousse la cause qui l'opprimait. L'expérience confirme cette comparaison. Les excitans donnent de l'excitation, mais l'organisme réagit, il y a
faiblesse ; le sédatif appaise, il y a réaction et l'excitation succède (c'est à cause de cette loi que dans
la pratique ordinaire on est presque toujours obligé
d'augmenter progressivement les excitans ou les cal-
mans, si l'on veut opérer une excitation ou une séda-
tion continue). Dans tout acte thérapeutique il y a
deux temps : l'impression médicamenteuse et la réaction
de l'organisme, cette dernière opère la guérison. En
d'autres mots, un médicament a deux ordres d'effets
ses effets *primitifs* et ses effets *consécutifs*.

seul être apprécié : il fallait aussi trouver
la modalité de chaque organe. C'est ce qu'a
fait Bichat physiologiquement parlant ; et
c'est ce qu'a fait ou commencé de faire Hahnemann sous le point de vue pathologique.
Bichat a recherché la spécificité de vie de
chaque organe, et Hahnemann la spécificité
des modificateurs de chacun d'entr'eux. Le
tissu ligamenteux, réputé insensible jusqu'à
notre immortel expérimentateur physiolo-
giste, est devenu douloureux sous l'influence
de l'extension à laquelle il le soumit. Les
irritans chimiques n'y avaient fait naître
aucune sensibilité, et une extension subite
l'éveilla douloureusement (1). Y a-t-il de
l'anti-physiologisme à supposer que ce système d'organes doit différer des autres dans
sa pathologie, comme il en diffère dans son
état physiologique ?

De même que chaque individu a ses qualités qui le font ressembler à tous ceux de
son espèce, et des qualités qui lui sont exclu-
sives, et qui le constituent individu distinct
des autres, ainsi chaque organe vit de la
vie commune ; mais il a, en outre, une
modification de la vie qui lui est propre et
l'établit organe distinct de tous les autres.

---

(1) Bichat, anat. gén.

Bien plus, un changement dans les circonstances où il se trouve habituellement, apporte une nouvelle modification à son mode
d'être. Telles sont les idées qui ressortent
de chacune des pages de Bichat, et qui ont
été accueillies par tous les physiologistes. Il
résulte de tout ceci, qu'une méthode thérapeutique est réellement physiologique si
elle tient compte des infinies individualités
que peut présenter l'organisme morbidement
affecté. C'est ce que fait l'Homœopathie (1).
Comment arrive-t-il donc qu'elle soit réputée
anti-physiologique, et que ce reproche lui
vienne surtout des partisans du Broussaissisme, cette secte qui dans ses vues de généralisa-
tion a réduit la pathologie à une modification
unique et la thérapeutique à une médication
unique? D'où vient cet étrange abus des
mots? Ce n'est pas tout, elle s'autorise de
de ce qui la condamne, elle se croit sous
le ¡patronage de Bichat, qui, après avoir

---

(1) Un rhumatisme où les douleurs seront appaisées
par le mouvement, sera traité par le sumac ; si le repos,
au contraire, les soulage, la bryone dioïque sera
prescrite : si les douleurs changent rapidement d'ar-
ticulation, avec augmentation le soir, ce sera la pul-
satile ; mais la camomille convient, si la sensibilité
est excessive la nuit. Il en est ou il en sera de même
pour toutes les maladies.

étudié les modifications infinies de la vie,
et de la vie de chaque organe, s'écrie (1)
« Quand la médecine sera-t-elle assez avancée
pour que le traitement de ces états divers
coïncide avec ces variétés ? »

La thérapeutique homœopathique est donc
loin de mériter les qualifications qu'on lui
prodigue. Il n'est point irrationnel, anti-
physiologique, d'admettre ou de rechercher
autant de modificateurs qu'il existe de variétés dans les divers modes de souffrance
de nos organes : il n'est point absurde de
traiter les désordres morbides par autant de
médicamens qu'ils peuvent présenter de
nuances. L'Homœopathie sera-t-elle taxée
d'irrationalisme, parce qu'elle ne verra pas
dans les spasmes, les convulsions de toute
espèce, l'effet d'une irritation locale ou am-
bulante (2)? Comme elle n'a pas à légitimer
une médication obligée, elle n'admet point
aussi *dans les scrophules, la syphilis, une.*
irritation qui se détruit par des sangsues ap-
pliquées avec hardiesse et abondamment (3),
et ce sont là sans doute les titres qui lui
ont valu le blâme et le mépris de l'école

---

(1) Aanatomie générale.

(2) Broussais, leçons de méd. phys.

(3) Idem.

rationnelle et physiologique par excellence.

Mais non ; voici la raison de cette objection si souvent reproduite. La thérapeutique n'est rationnelle que si elle est basée sur la localisation des maladies chacune doit être rapportée à la lésion matérielle de tel organe qui est réellement *ou est seulement supposé* affecté. Alors, disent-ils, les fonctions physiologiques de cet organe étant bien connues, on peut toujours se rendre raison de leur trouble pathologique, et le traitement qui résulte de cette connaissance, est seul rationnel et phisiologique. La même objection est quelquefois traduite de la manière suivante l'Homœopathie ne tient nul compte de la maladie ; elle ne s'occupe que des symptômes.

Je crois être autorisé à répondre, d'après les faits, que de la connaissance de certains troubles fonctionnels à la connaissance du moyen qui doit les éteindre, il n'y a pas une rélation rigoureuse, dans l'asthme par exemple, c'est la respiration qui est troublée ; qu'en conclure pour la pratique ? Si on admet les hypothèses ; elle est causée par l'ossification des valvules, par une névrose de la muqueuse bronchique, par un spasme, etc., quel en sera le traitement rationnel ? La chlorose est causée par une influence

utérine, ou par un vice dans l'hématose,
c'est donc l'utérus ou le poumon qui est
affecté, que résulte-t-il de tout cela pour
le traitement de la maladie? Dans le cas
où la lésion de fonction est de nature à
éclairer le traitement, l'Homœopathie en
accueille les lumières comme l'Allopathie.
Ainsi, pour la curation d'une blessure trans-
versale d'un muscle, par exemple, après
avoir réuni la plaie ; elle impose le relâ-
chement à l'organe blessé ; dans une affection des voies circulatoires, elle prescrit le
repos, puisque le premier effet de l'exercice
est d'activer la circulation, et ensuite elle
ajoute le modificateur convenable.

L'Homœopathie ne traite que les symptômes et nullement les lésions matérielles. »
On ferait mieux de dire qu'elle ne tient
compte que des lésions matérielles qui lui
sont bien démontrées : aussi dans les symptômes de certains médicamens déjà éprouvés,
est-il question d'éruptions pemphigoïde, ur-
ticaire, miliaire ; de pustules à la conjonc-
tive, d'ulcération à la cornée, d'aphtes à
la muqueuse buccale, de gonflement des
amigdales, de teigne au cuir chevelu, etc.
Quant à certaines lésions matérielles internes
et invisibles, elle les admet pathologique-
ment, en cherchant à les découvrir ; mais les

expériences pures ne peuvent quelquefois l'éclairer pour la thérapeutique. L'objection se réduit alors à ceci l'Homœpathie est trop jeune encore pour qu'elle ait découvert des médicamens spécifiques contre certaines désorganisations. Mais hélas, l'Allopathie sur ce point là, thérapeutiquement parlant, doit moins critiquer l'Homœopathie que lui porter envie.

IV

Des hommes qui s'occupent de l'art de guérir n'ont pas craint de proscrire l'Homœopathie, à cause de la difficulté de son étude et de l'impossibilité, disent-ils, de son application clinique (1). Cette détermination dénote plus d'amour de soi que de dévoû-

----

(1) Madame de Sévigné, quand elle voulait être initiée dans la connaissance des disputes théologiques qui, de son temps, agitaient les esprits et troublaient les cercles : « Votre théologie est si déliée, disait-elle, qu'elle s'évapore entre mes mains ; je ne saurais la saisir. Voudriez-vous me la rendre un peu épaisse, un peu crasse, pour qu'elle soit à mon usage. » Tel est le reproche et telle est la prière qu'ils paraissent nous faire.

ment à la science. Un esprit sévère et logique
sait apprécier ce que peut être une science
à son berceau, et s'élance pour applanir les
voies que l'inventeur n'a fait que tracer.
La matière médicale pure présente, il faut
l'avouer, une infinité d'imperfections, elle
est d'une étude excessivement pénible; elle
manque de précision quelquefois, et elle demande encore un ordre plus convenable dans
sa disposition. Mais, si tout le temps qu'on a
perdu en vaines et futiles disputes, avait
été consacré au perfectionnement de l'œuvre,
l'Homœopathie serait aujourd'hui une science
aussi certaine dans ses résultats que rigoureuse dans ses applications. Ses principes
sont invariables, mais son étude doit éprouver
des modifications. L'homme de génie invente,
ceux de talent perfectionnent. La tâche
d'Hahnemann est remplie.

Arguer contre une science de son peu
d'ancienneté, c'est aussi peu juste que d'arguer pour une autre science de son ancienneté; parce que l'Homœopathie détruit bien
d'idées admises en Allopathie, et qu'elle
n'a pas encore un demi-siècle, on a dit : comment pourrait-on l'admettre, puisqu'elle est
en opposition avec des connaissances qui
datent de vingt-cinq siècles? Toute chose
qui naît apporte en elle un germe de vie

plus ou moins vivace ; pour l'erreur naître
et mourir, c'est prequ'instantané ; mais elle
se reproduit souvent. La vérité, au contraire, a de rares apparitions, elle naît,
croît lentement et reste dans la science ;
telle est la marche que suit l'Homœopathie ;
mais de ce qu'elle n'a pas la vigueur d'une
vérité vieillie, faut-il ne pas l'accueillir et
ne point travailler à son perfectionnement?...
Rappelons-nous que l'alchimie de Paracelse
est devenue la chimie des Fourcroy, des
Chaptal, des Berzelius, des Thenard, etc.,
et que l'astrologie des Arabes est aujourd'hui
la sublime science des Kepler, des Newton,
de Laplace, des Arago (1).

D'autres comptent les partisans de l'Homœopathie, et vu le petit nombre (relatif),
ils ne peuvent croire que la vérité soit de
leur côté. Ils ont oublié, ceux-là, que la
majorité, pendant des siècles, a donné raison
à Ptolomée contre Copernic, aux inqui-
siteurs de Rome contre Galilée, aux tour-
billons de Descartes contre l'attraction de
Newton.

_____

(1) Toute science est faible à son berceau... On
disait un jour devant Franklin, à propos des Aéros-
tats, à quoi bon cela ? et à quoi bon, je vous prie,
répliqua ce sage, l'enfant qui vient de naître ?

Mais le plus grand nombre de nos adversaires formulent une autre opinion. Ne pouvant croire à l'efficacité des dynamisations homœopathiques, ils prétendent qu'Hanhemann n'a fait que déguiser la médecine expectante. Et voilà que M. Andral, qui, au sein de l'Académie rejette les préparations homœopathiques comme tout-à-fait nulles établit ensuite par les chiffres, entre un grand nombre d'expériences faites par tous les Numéristes, dans des maladies graves, la probabilité en faveur de l'expectation contre toutes les autres méthodes de traitement. L'Homœopathie n'étant que l'*expectation pure*, on peut alors regarder le professeur de Paris comme grand partisan de l'Homœopathie.

Ainsi donc les préparations homœopatiques seraient-elles complétement inertes, la science d'Hahnemann n'en serait pas moins, d'après d'excellens observateurs, supérieure aux autres méthodes thérapeutiques. Écoutons M. Martinet (1) « Plus loin, les mystiques élucubrations de l'Homœopathie qui tendent à faire revivre la médecine expectante, moins dangereuse que les méthodes actives du Rasorisme, du Brownisme et du Broussaissisme.

---

(1) Manuel pharmaceutique.

C'est sur le jugement qu'a porté contre l'Homœopathie l'Académie royale de médeciné, que sont motivées les plus énergiques oppositions ; elles sont en quelque sorte légitimes. En effet , pourrait-on soupçonner que ses membres n'aient très sérieusement examiné la question avant de la trancher ? Néanmoins , le narré des séances de l'Académie, qu'a publié la. Revue médicale , ne peut-être suspecté , et l'on a lieu de s'étonner de voir les académiciens faire des jeux de mots, lorsqu'il s'agissait de raisonner avec la sévérité que comporte leur position scientifique (1).

Tous les écrivains paraissent s'être donné le mot pour que l'Homœopathie soit nécessairement mal jugée par eux. Broussais, dans son cabinet et en quelques pages (2) , croit pouvoir apprécier à sa juste valeur une

---

(1) L'un prétend que la doctrine a nécessairement pour base *la foi* , *l'espérance et la charité* ; l'autre veut que *les Homœopathes soient nourris Homœopathiquement.* Celui-ci que l'on donne à un fracturé *un remède qui l'empéehe de marcher* , et celui-là assure *que lui et onze personnes ont* , *pendant une année* , *passé en revue la pharmacopée homœopatique.* (Quarante ans ont été nécessaires à Hahnemann et à ses nombreux discisples , pour l'établir telle que nous la possédons.)

(2) Examen des doctrines médicales.

science qui dit: expérimentez, mais expérimentez bien, et vous me jugerez ensuite (1).
M. Dubois d'Amiens, cet écrivain que l'on
croit en quelque sorte l'imitateur d'Hahnemann, en bien des points, n'épargne pas
ses injures quand il s'agit de parler magis-
tralement de l'Homœopathie. Croirait-on
qu'un auteur qui a dit (2): « Il n'existe aucune maladie qui ait pour cause un principe
matériel ; elles sont uniquement et toujours
le résultat spécial d'une altération virtuelle
et dynamique de la santé ; » croirait-on, dis-
je, que cet auteur qui admet la pensée mère
de la thérapeutique homœopatique, puisse
dire, en parlant d'elle (3) « De cette manière
on aurait évité de ridicules ébats, et on aurait
coupé court avec une foule de charlatans? »

Puisque j'en suis à l'injustice et à la prévention qui dictent les jugemens contre l'Homœopathie, je ne puis m'empêcher de faire
ressortir par quelques exemples quelle en
est la valeur.

Dans un ouvrage qui par la matière dont
il traite est nécessairement dans les mains de
tous les étudians, ne doit-on pas s'étonner que
la vérité ne s'y trouve point toute entière?

_____

(1) Matière médicale d'Hahnemann.
(2) Pathologie générale.
(3) Idem.

L'auteur que je viens de citer a écrit aussi
ces paroles « Comme ils savent (les Homœopathes) que d'autres écoles aussi donnent
leurs principes comme des résultats de l'expérience, ils ajoutent, pour prouver que
la raison est de leur côté, qu'ils ont mieux
vu que les autres ; et c'est pour cela qu'ils
ne disent pas seulement qu'ils ont pour eux
l'expérience, mais l'expérience *pure*.

Hahnemann, comme tout homme qui ne
craint point la vérification de ce qu'il avance,
a invoqué l'expérience, ce grand juge infail-
lible de toutes choses ; mais l'expérience
simple, et comme tous les autres, c'est-à-dire,
les faits qui doivent confirmer ou infirmer
la loi qu'il a posée. Quant à l'épithète *pure*
il l'a donnée à l'expérimentation des médicamens sur l'homme sain. Or, je ne sache
pas que les mots, *expérience et expérimentation*, soient synonimes ; on s'est plu à les
remplacer l'un par l'autre, afin de rapprocher sans doute les Homœopathes d'une classe
d'hommes qui avilissent l'art de guérir, et
proclament leurs moyens au-dessus de tous les
autres, n'ayant que la cupidité qui légitime
leur prétention. Je n'oserais supposer à cet auteur autant de malveillance, si la qualification qu'il nous a donnée, comme on l'a vu plus
haut, ne paraissait très bien me le permettre.

Voici comment Hahnemann s'exprime au
sujet de l'expérimentation (1) « Si pour
arriver à ce but (la connaissance des vertus
des remèdes) on ne donnait des médicamens
qu'à des personnes malades , même en les
prescrivant simples et un à un , on ne verrait
que peu de chose ou rien de leurs effets
purs. » Doit-on s'étonner de voir donner cette
épithète aux effets que l'on obtient par l'expérimentation recommandée par le fondateur
de l'Homœopathie , lorsqu'il dit ailleurs :
« Si une légère émotion morale et capable
néanmoins d'ébranler l'organisme , survient
pendant l'expérience, tout est à recommencer,
on ne peut accepter comme *purs* , les effets
observés postérieurement à cette émotion ? »

On n'a pas manqué cependant de fausser
le sens des mots , afin de flétrir avec plus
d'avantage une science qui , au reste , en
appelle aux jugemens des siècles.

C'est avec un bien vif intérêt que les Homœopathes lisent (2) l'article de M. Trousseau et Pidoux , intitulé *Médication subs-
titutive* ou *Homœopathique*, quand ces auteurs
établissent *la spécificité* des causes et des maladies. Tous s'attendent indubitablement à

(1) Organon.
(2) Traité de thérapeutique et matière médicale.

les voir conclure à la spécificité en thérapeutique. La conséquence paraît rigoureuse.
Mais ce serait trop de l'Homœopathie pro-
prement dite, et alors ils avouent une espèce
d'Homœopathie chirurgicale, qui a ses avantages, sans doute, mais qui n'est nullement
fondée sur la loi de spécificité qu'ils ont
consacrée quelques pages avant. Tellement
cela est vrai, qu'une phlegmasie syphilitique
urétrale (p. 34), une conjonctivite blen-
norrhagique (syphilitique encore) (p. 37),
sont traitées par le nitrate d'argent. Cette
substance est le moyen homœopathique, il
paraît, par excellence ; elle est prescrite
même contre les dysenteries (*toujours ho-*
mœopathiquement) (p. 35). L'Homœopathie
est la médecine des spécifiques ; il y a lieu
de s'étonner à voir prescrire en son nom
une substance autre que le mercure contre
une affection syphilitique.

Ces auteurs ont si peu parlé de l'Homœopathie elle-même, qu'on serait presque tenté
de croire qu'ils n'ont cité certain cas de la
pratique ordinaire, où la loi *similia similibus*
reçoit une complète justification, que pour
introduire leurs lecteurs à la médecine homœopathique ; car, je le répète, ils n'ont
parlé que de la chirurgie homœopathique.

Mais il serait trop long et hors de mon

11

sujet de passer en revue tout ce qu'on a écrit
dans les livres et les journaux. Beaucoup
d'objections sérieuses et incomplètes ont été
faites ; elles émanaient d'hommes de bonne
foi, mais insuffisamment éclairés; d'autres
sont le fruit de la méchanceté et de l'ineptie.
Je ne chercherai pas à détruire ces dernières :
qu'elles demeurent dans la science, si c'est
possible , elles seront la mesure de la portée
scientifique de certains adversaires de l'Homœopathie (1).

---

(1) Une cause constante a de tous les temps retardé
l'admission des plus grandes vérités,. au nombre des
meilleures découvertes cette cause, c'est l'amour-
propre. Ce que le poète romain a dit du vieillard, en
général ,

> Laudator temporis acti ,

    Se puero.

on peut le particulariser et le dire de quelques hommes
scientifiques. Il est affligeant pour l'homme de penser
qu'il est en lui un germe d'orgueil qui le porte à
croire que tout a été résumé dans son époque. Il ne
peut admettre telle découverte , parce qu'elle est en opposition avec ce qu'il a appris. L'histoire n'offre, hélas !
que trop d'exemples de cette dégradante vérité. Parce
qu'on annonce une chose qu'il n'a pas connu, ou
dont il n'est pas le contemporain, il se croit dispensé
de l'examiner tout au plus, s'il veut bien lui ac-
corder un regard de dédain , et ne doutant point de
sa rapide pénétration et de son infaillibilité, il va
criant à l'absurde, à l'impossible ! Quoique jeune en-

V.

Si Hahnemann n'a pu trouver grâce devant
les corps savans pour son admirable découverte des préparations des médicamens, de-
vait-il s'attendre à ce que ses précieux travaux sur les maladies chroniques reçussent
le même oubli. L'espace que doit occuper
ce tribut académique ne me permet point
d'entrer dans une juste appréciation de sa
division et de sa théorie sur les maladies
chroniques ; seulement je veux dire que mes
observations personnelles, faites dans les
salles de l'Hôtel-Dieu d'Avignon, pendant
plusieurs années, n'ont jamais infirmé les
écrits de ce grand observateur. J'ai surtout
été frappé, avant mes études de l'Homœopathie, de l'insuccès de tous les traitemens
contre les affections syphilitiques avec végé-

---

core, j'ai entendu cette voix cassée de la décrépitude
morale à l'occasion de l'application de la vapeur à
nos machines : mon père l'entendit contre la vacci-
nation ; mes aïeux virent grossir la conspiration contre
Harvey, qui osa dire que le sang circulait, etc.; et
toujours on a cru être logique, parce qu'on a pris
le connu pour type de l'inconnu.

tations. Chargé spécialement de la salle des
vénériennes, j'ai grand nombre de fois reconnu que la maladie des fics (sycose) était
un constant motif du retard de la guérison.
Le fer seul ou les violens caustiques les fai-
saient disparaître, pour reparaître le plus
souvent. Qui ne pense que ce procédé n'est
point un moyen curatif? Les végétations
ne croissent qu'en vertu d'un acte insolite
de l'organisme, et les ciseaux n'atteignent
que les effets de cet acte.

Parmi les accouchemens nombreux que
j'ai faits dans cet établissement, j'ai également très bien observé l'influence des mias-
mes chroniques admis par Hahnemann, sur
la grossesse et ses suites, les avortemens,
les accidens obstétriques. Les mauvaises suites
de couches ne reconnaissent souvent pas
d'autres causes.

VI.

Les expériences qui ont été faites dans
divers hôpitaux d'Europe, ne peuvent servir
de preuves contre l'Homœopathie. Chaque
parti les explique et leur donne la valeur
qu'il désire qu'elles aient. Or, comme nos

adversaires sont plus nombreux que nous , nécessairement elles ont dû être plus désavantageuses qu'utiles à notre cause. Je ne discuterai point si elles ont été accomplies avec toute l'impartialité qu'elles demandaient et les lumières qu'elles réclamaient. Je veux seulement citer deux faits, entre plusieurs autres, qui me concernent (1). Les conséquences à en tirer seront évidentes.

J'ai commencé mes études d'Homœopathie en novembre de l'année 1836 ; au mois de mai de 1837 , je voulus juger au lit du malade l'inconcevable puissance des globules , qui toujours avaient été pour moi un sujet de dérision. Un hôpital comme celui où j'étais , toujours peuplé de 280, 300 malades , me paraissait on ne peut plus favorable. Quelques expériences clandestines , je dois le dire aujourd'hui , m'enhardirent , et le 10 mai , je demandai au médecin de service de la salle des femmes fièvreuses , de traiter une jeune fille âgée de 19 ans , paraissant être affectée d'une violente fièvre inflammatoire.

Un des docteurs faisant un service dans une autre salle , m'avait témoigné le désir d'être au courant de mes expériences. Je le prévins : il examina attentivement la malade, et voici ,

(1) *Ab uno disce omnes.*

mot pour mot, ce qu'il me répondit : « Voilà
comment vous êtes, vous autres Homœopathes, vous vous exagérez tout. Cette fille,
dites-vous, est affectée d'une forte fièvre inflammatoire; je prétends, et j'en suis con-
vaincu, que cinq ou six jours de diète, et de
la tisane délayante, la guériraient tout-à-fait. »
Pourquoi donc la saignée, lui répondis-je,
qu'a prescrite le médecin de service, dans
le cas où je ne la traiterais pas homæopa-
thiquement? Oh ! répliqua-t-il, c'est pour
en avoir plutôt fini ; mais la malade pourrait
s'en passer à la rigueur.

Voyant combien nos opinions sur la gra-
vité de la maladie étaient dissidentes, je re-
nonçai à la traiter, pensant, quoi qu'il
arrivât, qu'il n'en serait résulté rien de bon
pour l'Homœopathie. Les prescriptions allopathiques *conditionnelles* qui avaient été faites, furent aussitôt exécutées. Voici l'observation du traitement de cette maladie.

Jaumas Joséphine, infirmière dans l'hôpital, âgée de 19 ans, entrée le 10 mai 1837,
couchée au lit n° 54, de la salle des femmes
fièvreuses. Le 10, eau sucrée, saignée,
de douze onces ; le 11, eau sucrée, saignée de douze onces; le 12, eau sucrée ;
le 13 (à cause des symptômes plus graves
qu'elles présentait, elle est portée au lit

n° 27), saignée de huit onces, sinapismes
à promener sur les extrémités (signes de
cérebrite avec une éruption varioleuse à la
peau); le 14 , sinapismes ; le 15 , saignée
de six onces, sinapismes ; les symptômes
alarmans on été conjurés ; elle va de mieux
en mieux ; le 21 , elle a reçu le demi-quart
de portion et le lait ; le 27 , elle mange la
demi-portion ; le 28 , diète ; le 1er juin ,
potion huileuse purgative ; le 5 , purgation
par la manne et le séné ; le 9 , elle est à
la demi-portion ; elle sort le 13 , assez bien
rétablie (1).

Si le traitement homœopatique avait été
mis en usage , on n'aurait pas manqué de
dire , s'il n'avait été plus efficace que celui
qui a été employé , qu'une copieuse saignée ,
au début de la maladie, aurait rendu facile et
sans danger l'éruption varioleuse , qu'aucun
de nous n'avait prévue ; et la conséquence
aurait été celle-ci : les globules sont inactifs,
ils font perdre un temps précieux.

Le fait suivant n'est pas moins remarquable.

Un autre médecin de l'hôpital désirait ,
disait-il , expimenter l'Homœopathie ; mais

_____

(1) Cette fille est aujourd'hui infirmière dans la
salle des femmes blessées ; elle pourrait , au besoin,
confirmer une partie de ce que je viens de dire,

l'ignorant complétement lui-même, et pro-
fessant *alors* la plus haute estime pour mes
connaissances, il voulut m'établir l'expérimentateur, et m'accordait toutes les conditions que je pouvais ambitionner ; il me
propose d'abord de traiter *un cas simple* de
fièvre intermittente.

Un fait récent (1) me faisait suspecter sa
franchise médicale, et malgré la *simplicité*
de la maladie, qu'il disait curable *en
huit ou dix jours*, je crus, moi *élève*,
devoir juger par moi-même, et je refusai
obstinément l'expérimentation clinique (*ce
cas n'était rien moins que simple et curable
en huit ou dix jours*).

Voyons néanmoins ce que devint, traité
par l'Allopathie, *ce cas simple de fièvre . intermittente, exempt de toute complication,*

---

(1) Une dame affectée de rhumathisme chronique,
et alitée depuis six mois, était traitée par lui   au
vingt-troisième jour du traitement homœopatique, elle
se lève, et ce médecin trouva l'amélioration toute
naturelle, à cause du changement de saison, a-t-il
dit. Il n'aurait pas sans doute donné cette raison,
s'il avait observé, comme moi, et la malalade, que
les huit premiers jours, époque principale de la
manifestation de l'acte curatif qui s'opérait, ont coïn-
cidé avec un abaissement considérable de la température, oausé par un vent du nord très violent.

comme me le dit, de très grande bonne foi sans doute, le docteur de service.

Pujol, soldat au 24ᵉ de ligne, couché au lit nᵒ 17, de la salle des militaire fièvreux, entré le 29 juin 1837. Le 30, saignée de douze onces, dès l'invasion de l'accès (cette prescription est du médecin qui avait précédé celui qui me proposait de le traiter), jusqu'au 6 juillet, il est à l'usage du lait et à un régime alimentaire modéré ; le 6, diète, le 7, purgatif avec

Tamarin.	2 onces.
Manne.	3 onces.
Sel d'Epson.	2 gros.

Le 8, diète ; le 9, un quart de portion et

Sulfate de quinine.	15 grains.
Opium.	2 grains.

en quatre pilules.

Jusqu'au 17, il reçoit les trois-quarts de portion. Le 18 soupe claire, lait et loock (1). Jusqu'au 30, il arrive par gradation aux trois quarts de portion ; le 31, il est réduit au quart ; du 3 jusqu'au 9 août, il mange les trois quarts ; le 10, soupe claire (toujours lait et look) ; le 11, demi-quart ; le 12, *idem* ; le 13, le quart ; le 18, il reçoit les trois quarts jusqu'au 31, jour de sa sortie.

_____

(1) Il est alors coté *pneumonie chronique.*

C'est à cette époque que se déclarèrent à la caserne, en quelques heures, plusieurs cas de choléra ; on craignit une épidémie, et on fit sortir de l'hôpital, par invitation du sous-intendant militaire, tous ceux que le médecin désignerait comme les moins malades. Pujol fut de ce nombre, mais il n'était pas entièrement rétabli (1).

Quelles conséquences n'aurait-on pas tirées contre l'Homœopathie, si traitant ce malade, *curable en huit ou dix jours*, je l'avais laissé séjourner à l'hôpital seulement la moitié de l'espace de temps qu'il y est resté par le traitement allopathique !!!

Le médecin, auteur de cette proposition, n'a pas craint de donner mon refus d'expérimenter, comme une défaite complète, et il a dit même qu'il fallait que je n'eusse aucune conviction en faveur de l'Homœopathie, pour refuser ses toutes loyales invitations cliniques.

Ces faits, au reste, ne se sont point passés d'homme à homme, ils ont été publics.

Si j'avais été moins prudent et moins prévoyant, sans doute l'Homœopathie aurait

_____

(1) Dans ces deux observations, il était inutile de détailler les phénomènes morbides journaliers ; c'est étranger au but que je me propose.

été perdue pour long-temps dans Avignon.

Toutes les expériences sont à recommencer; il est à désirer qu'on y apporte moins de prévention de part et d'autre (1).

Je ne saurais mieux terminer ce travail qu'en y ajoutant l'histoire de quelques maladies traitées et guéries par moi, sur la personne de quelques amis. Néanmoins quelqu'intérêt que puissent présenter ces observations, je ne les rapporterai pas, à cause de l'extension déjà trop grande que j'ai donnée à cette dissertation. Au reste, les journaux d'Homœopathie en sont remplis, et on ne croirait pas mieux aux miennes qu'à celles des autres Homœopathes (2).

---

(1) Qu'on ne dise pas *qu'on a fait assez de victimes à l'Homœopathie;* il y a moins de danger à prescrire nos dynamisations que 96 grains d'émétique (Rasori), ou 48 grains d'aconit (Barbier). Au reste, nous demandons l'expérience, si l'on veut, exclusivement dans les maladies que l'Allopathie ne guérit pas (la liste n'en est pas courte), serait-ce même les odontalgies.

(2) Pour être crus de nos adversaires, il faudra en venir à rédiger nos observations par devant *notaire royal,* ou *huissier assermenté.* Alors peut-être nous ne serons plus accusés *de mal observer, de mal interpréter la nature, de ne voir que ce que nous voulons voir.*

FIN.

QUESTIONS.

SCIENCES ACCESSOIRES.

Des matières colorantes du sang ?

Plusieurs chimistes ont attribué la couleur du sang au fer ; d'après eux, ce métal existe à l'état de protoxide dans le sang veineux et de sesquioxide dans le sang artériel. Les travaux les plus récens sur cette matière sont ceux de MM. Lecanu et Sanson. Le premier a donné à la matière colorante le nom de *globuline*, et en a retiré par l'incinération du *sesquioxide* de fer. *La matière colorante rouge* de M. Sanson n'en donne aucune trace.

On a encore extrait du sang de la matière colorante jaune, de la matière bleue, de la matière violette foncée.

ANATOMIE ET PHYSIOLOGIE.

Distinguer les dents temporaires de celles qui doivent leur succéder ?

Les dents temporaires se distinguent des

dents permanentes par les caractères suivans :
on en compte vingt ; elles ont leur couronne
plus blanche et plus ronde , leur collet est
surmonté en dehors par une saillie légère
qui leur donne une apparence ventrue toute
particulière. Les incisives et les canines sont
beaucoup plus petites ; les molaires , au
contraire , sont plus grosses que celles de la
seconde dentition ; les incisives et les canines
sont configurées, à peu de chose près, comme
celles qui leur succéderont. Mais il n'en est
pas de même des molaires ; celles-ci , en
effet , sont de grosses molaires et non des
dents bicuspidées , comme celles qui les rem-
placent.

Les racines des dents temporaires sont généralement plus courtes et plus grêles que
celles des dents permanentes.

La substance des dents de lait est très ana-
logue à celle des dents secondaires ; cependant elle est un peu moins dure.

Les dents temporaires reçoivent leurs artères d'une branche particulière de l'artère
dentaire , qui occupe un conduit distinct du
canal dentaire lui-même.

SCIENCES CHIRURGICALES.

Des déchirures du vagin, du col et du corps de l'utérus qui peuvent avoir lieu pendant l'accouchement ?

Les déchirures du vagin se remarquent surtout dans la moitié inférieure, elles peuvent s'effectuer de trois manières différentes 1° par les tractions que produisent les efforts utérins, en tirant le col vers le fond ; 2° par la pression de la tête pendant qu'elle descend ; 3° par les contusions dues au même mouvement, ou bien aux manœuvres tocologiques.

Les déchirures du col, quoique larges et profondes, se réduisent ensuite à trop peu de chose pour réclamer un traitement. C'est presque toujours le point de l'orifice qui correspond au passage de l'occiput, quand le fœtus vient par le sommet ; du front ou du vertex, quand c'est la face, de l'occiput et du front encore, quand c'est le pelvis, qui se trouve déchiré après l'accouchement.

La rupture utérine pendant la grossesse, est causée par une pression violente, par un instrument tranchant, déchirant, contondant, etc. De tout obstacle qui s'oppose à l'expulsion du fœtus peut dépendre la rupture spontanée ; elle peut frapper tous les points de l'utérus ; mais on la voit le plus souvent à la partie postérieure de cet organe.

SCIENCES MÉDICALES.

Des maladies propres au climat tempéré, quelles sont les règles de l'hygiène qui lui conviennent ?

Toute division des climats est arbitraire, par cela seul que les phénomènes qui résultent de l'obliquité toujours croissante des rayons solaires, suivent dans leur apparition la même marche progressive, et ne se transforment jamais d'une manière brusque. Ainsi, le tempéré participe du climat tropical et des climats polaires, quant aux maladies qui lui sont propres et quant à l'hygiène qui lui convient.

9 783385 092549